やさい

きみにあげたい恋レシピ

李丘那岐

幻冬舎ルチル文庫

CONTENTS ✦目次✦

きみにあげたい恋レシピ

✦カバーデザイン＝久保宏夏（omochi design）
✦ブックデザイン＝まるか工房

イラスト・鈴倉 温✦

きみにあげたい恋レシピ

一

見上げた空に星は見えず、行く道の両側には俗っぽい光がぽつんぽつんと灯《とも》っていた。

駅の裏にある歓楽街はかなり寂《さび》れている。新緑のさわやかな季節だというのに、どこかじめっとした空気が漂い、看板やネオンサインまでもやる気がなさそうに見えた。

十九歳になったばかりの河合聡《かわいさとし》は、この街自体に用はないし、どんな店があるのか興味もなかった。ただ通学路として、朝晩毎日のようにここを通り抜けている。

スカイブルーのシャツに細身のジーンズ、ジレを着てショルダーバッグを斜めがけ。涼しい瞳の聡明《そうめい》そうな顔は大学生という雰囲気だったが、この春から調理師専門学校に通いはじめた料理人のたまごだ。

最初の頃は少し物騒にも感じていた道だが、一ヶ月も経《た》てば慣れて警戒心も薄れる。平日の深夜は酔客も少なく、聡と同じように家路を急ぐ者が数人、足早に歩いているだけだった。

なにはともあれ終電に間に合ってよかった。

同級生の泣き言に付き合わされていたのだ。大学を二浪して専門学校に道を切り替えた歳《とし》上《うえ》の友人は、自分だけ酒を飲みつつ、「自分がこんなに不器用だとは思わなかった。調理師も無理かも……」などと弱音を吐き続けた。

夢を諦《あきら》めるのに、一ヶ月はいくらなんでも早すぎるだろう。なだめすかして元気づけて、なんとか希望を見いださせることができた時にはもう終電間際だった。

なんだかひどく疲れた。早く帰って寝たいのだが、徒歩八分で着くはずのアパートがやけに遠い。

とぼとぼ歩いていると、前方の暗がりでなにかが動いて視線が吸い寄せられた。ピンクのネオンの光が二つの人影を淡く縁取っている。背の高いものと低いもの。それがひとつに重なり、頭と頭が吸い寄せられてくっついた。

深夜の歓楽街では特に珍しくもないキスシーン。家路を急ぐ人たちは見て見ぬふりで通り過ぎていく。唇を重ねる二人も周囲を気にする様子はない。まるで別の次元での出来事が重なって見えているかのようだ。

「もういいだろ、俺は帰――」

背の低い方が離れようとしたが、強引に引き寄せられると、また熱烈なキスが始まった。

聡も見て見ぬふりをしようと思ったのだが、近づく前になぜか足が止まる。

嫌がった声は、明らかに男のものだった。それを抱きすくめている相手も、とても女だとは思えない体格をしている。自分がなにに引っかかって足が止めたのか、理由がわかった。

わかって溜息《ためいき》がもれる。

さらに疲れを感じて歩き出そうとしたのだが、小柄な方の影がこちらに顔を向けて目が合った。距離は十数メートルほど、その大きな瞳に射貫《いぬ》かれる。あちらからは外灯の下に突っ立っている聡の姿がはっきりと見えているのだろう。

聡の目には、目の白い部分と唇がやけに光って見えた。細かい表情まではわからなかったが、それが男の顔であるのは間違いなかった。

男と男――そう思えば不快感が込み上げる。しかしそれは、ゲイなんて気持ち悪い、という一般的な不快感とは少し違っていた。生理的な嫌悪より、非難の気持ちが圧倒的に強い。モラルに反することを、なぜそんなに堂々としてしまえるのか……。

男同士なんてどんなに愛し合っていても世間は認めてくれない。そう決まっているのだ。そもそも路上でキスなんて、男女でもダメだ。

心に正当な非難材料を並べて、無意識のうちに見知らぬ二人に責める眼差《まなざ》しを向けていた。

しかし聡が本当に見ているのは、今そこにいる二人ではない。自分の一番身近にいる二人がそこに重なって見えていた。

実際には彼らがキスしているところなんて見たことないし、屋外でそういうことは絶対にしない人たちだが、キスをする関係であるのは間違いない。

――なんで男と男なんだ……。

不快感は胸を塞《ふさ》ぐ苦い想いに変わる。

その時、視線の先にあった濡《ぬ》れた唇がニヤリと形を変えた。それは聡の潔癖さを馬鹿にしているようにも、こっちに来いと誘いかけているようにも見える、とても蠱惑《こわく》的な笑みだった。

ドキッとして目を逸《そ》らす。心の奥を見透かされた気がした。

非難するおまえは正しいのか。偏見を持つ者が善で、偏見を持たれる者は悪なのか……？

そそくさとその場から逃げ出すように歩き出した。

なぜこんなところであんなものを見せられねばならないのか、考えさせられなくてはならないのか。

それは聡にとって、できればずっと目を逸らしていたいことだった。

小学生の時、おまえの家は変だと友達に言われた。母親がいなくて父親が二人いるなんておかしい、と。

『くろさきさんは父親じゃない。パパの友達だ』

なにも知らない小学生の時は無邪気にそう言い返していた。

しかし、中学生になって真実を知った。父の親友だと思っていた同居人の黒崎《くろさき》は、父の恋人だった。衝撃の事実を父の口から聞かされ、頭の中が真っ白になった。混乱した。

『父さんは父さんで俺は俺だ。関係ない』

嘘をつかずに言い返そうとすれば、突き放すような物言いになった。しかし完全に自分と切り離して考えることはできず、後ろめたさは常につきまとった。

こんな気持ちにさせる、親も友達も、世間も恨めしかった。

放っておいてほしかったが、どうやら自分は目立つらしく、なにかと話題にされた。

中学高校と身長は高い方だったし、頭もわりとよかった。優しげな目元は父親譲りで、ピンクの形よい唇は女子たちに羨《うらや》ましがられた。「顔がよくて笑顔はさわやか、誰にでも優しいなんて非の打ち所がないから、妬《ねた》んだ奴らに粗探しされるんだよ」と、友達に言われたことがある。

だいたい最初に攻撃される「粗」は、足が遅いことだった。それは子供の頃の怪我《けが》の後遺症で、そこを攻撃されてもあまり腹は立たなかった。「うん、遅いんだよね」と笑顔で平然と返せる。

しかし、親のことは軽く受け流すことができなかった。

それはたぶん、足が遅くて友をなくしたことはないが、親が同性愛者だという噂が流れるたびに離れていく人がいたせいだろう。侮蔑《ぶべつ》混じりの視線を向けられ人間不信に陥り、父親たちを責めたこともある。

今は和解しているが、割り切れぬ思いは根底に燻《くすぶ》っていた。だから、堂々といちゃつく男たちをスルーすることができなかったのだろう。実際に男同士のそういうシーンを目にするのは初めてで、非難する気持ちの裏に、こんなふうに堂々としていれば認めてもらえるんじゃないか……という希望めいた気持ちもあった気がする。

「いやいや、路チューはダメだろ、男女でも。非常識だ」

家の中であっても、自分の前では決してそういうことはしなかった父とその恋人。それでも思春期には仲がよさそうなのを見るだけでむかついて、気を遣われればイライラして……。親が普通だったらどんなによかったか、と何度も思った。

でも、もう自分は子供ではない。二人に育ててもらったことには感謝している。ずっと幸せでいてほしいと思うのに、わだかまりを捨て切れない自分が嫌いだった。

溜息をついて、ジレンマを吐き出す。

その日の夢の中で、「小せえ男だな」と聡を罵《ののし》ったのは、さっき見た男の濡れた唇だった。

二

「河合は何料理がやりたいの？」

実習用の白いコックコートに着替えていると、隣にいた友人に問われた。

「んー、なんか美味《おい》しいの」

「おまえな、不味《まず》い料理やりたい奴なんかいねえよ」

言われて思わず笑ってしまう。そりゃそうだ。しかし学校に通い始めてまだ一ヶ月ちょっと。二年制なので進路を絞るのは卒業近くでいいと思っている。

今決めている未来は、いつか女性と結婚し、ありふれた幸せな家庭を築くこと。それだけだ。

「まだはっきりしてないんだ。洋食がいいかな、とは思うんだけど」

それはただ父が洋食好きだから、というだけの理由なので、今後変更の余地はある。

自分の料理で人を笑顔にしたい――という志望動機は、かなりありふれたものだ。同級生の三人に一人くらいはこの志望動機だといっても過言ではないほど。しかしその時に思い浮かべる笑顔が父親のものだというのは、少し変わっているかもしれない。

『おまえはすごいな、聡。天才だな』

美味しいものを作ると父は必ず褒めてくれた。それがとても嬉《うれ》しかったのだ。

父、河合梓《あずさ》は壊滅的な料理下手《へた》だった。両親が離婚して父子家庭になり、なんとか我が子に手料理を食べさせようと悪戦苦闘していたが、気の毒なほど料理の腕は上達しなかった。そんな梓に救いの手を差し伸べたのが、梓の大学時代の友人で後に恋人となった黒崎廣人《ひろと》だ。

黒崎と梓が再会したのは聡がまだ五歳の時だったが、食生活が飛躍的に向上したのは記憶にある。それから十年以上一緒に暮らして、黒崎に料理を教わりながら、黒崎に負けじと腕を磨いた。それが原点だ。

黒崎に負けたくないという気持ちが、ずっとどこかにあった気がする。美味しいものを作って、梓の笑顔を独り占めしたい。梓が自分より黒崎を優先したことはなかった気がするが、ひとりしかいない親の愛情を少しだって渡したくなかった。

ファザコンの気《け》があるのは自覚している。黒崎にもよく言われた。

好きだからこそ嫌なのだ。梓を人に悪く言われる、明らかな材料があるということが。

諸悪の根源は黒崎だと詰《なじ》りたくもなるが、黒崎の存在に梓が助けられていることも聡はよくわかっていた。

昔からいろいろわかってしまう損な性分で、わかるからわがままになりきれず、時に当たったり責めたりしてもすぐに後悔した。

ひとり暮らしを始めてよかったと思うのはそこだ。ひとりは寂しいけれど、誰にも気を遣わなくていいのはとても楽だ。

しかし、家を出るのはそれなりに大変だった。梓と黒崎を前に、家を出たいと切り出した時のことを思い出すと、自然に溜息が漏れる。

梓はまるでこの世の終わりのような顔をした。十八歳で家を出るのはそんなに特異なことではないはずだが、予想もしていなかったらしい。

「出て行かなくても、ここからでも通えるだろう？」

なんでそんな悲しいことを言うのだと、四十を越えた男が目を潤ませて訴えてくる。

「通えるけど、乗り継ぎとかいろいろ面倒だし、ひとり暮らしをしてみたいんだ」

前々から用意していた理由をできるだけ明るいトーンで伝えてみた。

「そんなに出て行きたいのか？　やっぱり……嫌か。嫌だったのか……」

梓は勝手に理由を推測し、自分を責めるようにつぶやいて、落ち込んだ。可哀想《かわいそう》になって、そうじゃないと否定してみたけれど、説得力はなかっただろう。

「子供はいつか自立するものだ。聡なら心配いらない、ちゃんとやれる」

いつだって梓の味方で、必ず梓に助け船を出す黒崎が、この時だけは聡を援護した。

聡を信じて応援すると言わんばかりだが、聡はわかっていた。黒崎はずっと待っていたのだ、聡が自分から親元を飛び立ち、堂々と梓を独り占めできる日が来ることを――。

だからといって、これまで黒崎に邪魔にされてきたというわけではない。邪険にされたことも、蔑《ないがし》ろにされた記憶もない。黒崎はあまり子供を子供扱いしない人だったから厳しいことも言われたが、理不尽だと感じたことはなかった。

大事に育ててもらったと思う。でもそれは、自分が梓の大事な人だから。黒崎にとっての一番は常に梓だった。それを不満に思わなかったのは、黒崎が子供の頃からわかりやすくそういう態度を取っていたからだろう。そういうものだと思っていた。

聡にとって一番大事なのも梓だったから、梓を楽にしてくれる黒崎を排除しようとは思わなかったし、梓は梓で、聡が一番大事、という態度を崩さず、バランスはそれなりに取れていた。

黒崎だけ報われていない感じもするが、黒崎は梓がいればそれでいいという人なのだ。でもだからこそ、待ちに待っていたこの時――なのかもしれない。

そんな黒崎がいるからこそ安心して梓を置いて出て行くこともできる。

「聡の心配はしてないよ。こんな親でもいい子に育ってくれて……どこに出しても恥ずかしくない自慢の息子だ。でも……」

声を詰まらせた梓の顔には、寂しいと書いてあった。そんな顔をされると決意が揺らぐが、梓の隣にある顔を見て、やっぱり出て行こうと思う。

きっとしょげた梓が可愛《かわい》いとか、愛《いと》おしいとか思っているに違いない。その優しい眼差しは聡を複雑な気分にさせる。

そんな目で人の父親を見るなと苛《いら》つき、いつまでも仲がいいことに安堵《あんど》し、疎外感を覚えつつ羨ましいとも思う。男同士でさえなければ理想の夫婦であり理想的な親だった。

「遠くに行くわけじゃないんだから、会いたくなったらすぐに会えるよ。すねかじらせてもらってる身でわがまま言って申し訳ないけど」

「お金は大学に行かせるつもりで貯めてたからいいんだけど……。あと四年だと思ってたら、二年制の調理師専門学校に行くって言い出して、二年か……と思ってたら、もう出て行くとか……」

ますますしょげてしまった梓を見つめる黒崎は、ますます楽しそうだった。実に残念な男前だ。

「父さんがしっかり育ててくれたから、俺はひとりでもやっていける自信が持てた。帰ってきた時には美味しい料理を食べさせてあげるからさ」

にっこり笑ってみせる。すると梓は眉間《みけん》に指を当て、溜息をついた。

「聡……おまえに関して心配なのは、そのにっこりだな。優しいのはいいんだ。でもな……幼稚園の頃からおまえは天然で人タラシっていうか、無駄にもてて諍《いさか》いに巻き込まれて、それでもにこにこ笑っているっていう、罪作りで鈍いところがあるから……父さんはそれだけが心配だよ」

「大丈夫だよ。俺は父さんほど単純じゃないし」

「俺は単純じゃないぞ」

「ああ言い直し。俺は父さんの子だから大丈夫だよ」

そんな一言で嬉しそうな顔になるところが単純だと思う。

梓を可愛いと言う黒崎の気持ちはわかる。梓が自分の父親でさえなかったら、きっと応援してやれただろう。ゲイに偏見があるわけではなく、一番近しい人たちが世間に後ろ指を差される関係であるということが嫌なのだ。

それからも梓はずっと遠回しにだったり率直にだったり聡を引き留め続けた。諦めたのは出て行く当日。

「聡……頑張れよ。なんかあったらすぐ電話しろ。具合が悪くなったらすぐに呼べ。いつ帰ってきてもいいんだからな」

寂しげに笑って、ぎゅっと抱きしめられた。すごく久しぶりの感触だった。

「聡なら大丈夫。おまえに似て真面目だし頑張り屋だ。心配ない」

黒崎の発言はあくまでも梓の方を向いている。聡に対しては、

「じゃあな。たまには連絡入れろよ」

と、あっさりしたものだった。

「たまには、ね」

嫌味で返せば黒崎はニヤリと笑い、聡の頭を鷲掴《わしづか》みにしてグリグリと撫《な》でた。その大きな手に安堵している自分に気づき、やっぱりこの人も父親なんだな、と思う。

ここは温かい。とても温かかった。

「じゃあ行くよ」

急になにかが込み上げてきそうになって、逃げるように背を向けて、家を出た。

それから一ヶ月ちょっとだが、梓からは電話がかかってくるたびに、いつ帰ってくる？と訊《き》かれる。しかし二人で楽しくやっているようなのは梓の声から窺《うかが》えた。

最初からそれに関してはまったく心配していなかった。

黒崎は梓を幸せにするために生きていると言っても過言ではないほど梓に一途《いちず》だ。売れっ子の小説家で、顔もいいし体格もよく、いろんなものを持っている男だが、聡が羨ましいと思うのは、そんなに一途になれる人に出会えた、ということ。友達の中には付き合った女性の多さを誇る者もいたが、そんなのは少しも羨ましくなかった。

ひとりでいい。ずっと好きでいたい。絶対条件は女性であることと、浮気をしないこと。

しかしそれを見分けられる自信はあまりなかった。

両親の離婚の原因は母の浮気だ。別れてからも母とは何度か会っているが、家庭的でおっとりしていて、おおよそ浮気しそうなタイプには見えなかった。自分を捨てたと恨む気持ちは薄いけど、女はわからない……という思いは強く植え付けられた。

「さーとしくん、どうしたの？」

顔を覗《のぞ》き込まれてハッと我に返る。

目の前に白くて小さな顔があった。ピンクの頰《ほお》、ピンクの唇、黒くてまん丸な瞳。美人というよりは、愛嬌《あいきょう》のある顔立ちだ。ベージュのワンピースに白いカーディガンという清楚《せいそ》な格好がよく似合っている。

「ああ、美紀《みき》。次の授業は一緒だっけ？」

倉森《くらもり》美紀は半月ほど前に付き合いはじめた聡の彼女だ。

「そうよ。私は『次は聡くんと一緒だー』って、浮き浮きして来たのに、聡くんは今まで忘れてたんだ。なんか寂しい」

「あー、ごめん」

実際忘れていたので笑ってごまかすしかない。

「聡くんのにっこりはずるいー。なんか全部許しちゃおって気になっちゃうんだもん」

「うん、許して？」

「うー、許しちゃう！」

冗談めかして抱きついてきた美紀の背中を、宥《なだ》めるようにポンポンと叩《たた》く。可愛いし楽しいとも思うのだけれど、気持ちの盛り上がりには欠ける。

そもそもの付き合いはじめは美紀からだった。入学したてに告白されたが、その時は「今はちょっとそういう気分じゃないから」と断った。美紀の人となりもまるでわかっていなかったし、美紀だってわかっていなかったはずだ。

しかし、顔に似合わずめげない美紀に、絆《ほだ》されたというか、押し切られたというか、ＯＫを出してからは誠実に付き合っているつもりだ。まだキス止まりの関係だけど。

自分の女性の好みというものがまだいまいちわかっていない。高校生の時には三人の女性と付き合ったが、みんなわりとさばさばしたタイプだった。告白されて付き合うという同じ展開だったから、似たタイプになるのかもしれない。

付き合いはじめて最初のうちはうまくいくのだが、そのうち「ねえ、私のこと本当に好き？私って聡くんにとって特別？」と、責めるように問われるようになり、「なんか優しすぎて物足りない」と、ふられる。判で押したように同じだった。

好きだから付き合ったし、好きだから大事にした。優しいところが好きと言っていたのに、優しすぎて物足りないと言われては、どうしていいのかさっぱりわからない。

「本当に好き」というのはいったいどういう好きなのか……。

自分から好きになって告白するくらいでないとダメなのかもしれない。だとしたらまた同じ轍《てつ》を踏むことになるのだろうか。美紀を傷つけたくないし、幸せにしてあげたいと思うのだけど優しくする以外にどうすればいいのか、聡にはわからなかった。

「聡くーん?」

「ん? なに?」

反射的に笑みが浮かぶ。これはもう子供の頃から身についている習性だった。誰にでも笑顔、誰にでも優しい、それが無駄にもてる要因で、ふられる原因でもある。しかし、意識してやっていることではない。

「アルバイト見つかった?」

「いや、まだ。どうせやるなら将来の役に立つような仕事がしたいし、だったら美味しいところがいいし……とか思ってるとなかなか決まらなくて」

「真面目だよね、聡くん。そこがいいとこなんだけどぉ」

腕に抱きつかれて苦笑する。なんの気なしに返事をすると、真面目だとよく言われる。いったいどんな返事をすれば真面目だと言われないのか教えてほしいくらいだ。

「できればこぢんまりとして家庭的なところがいいんだけど、贅沢《ぜいたく》は言ってられないよな」

専門学校の学費も家賃も親に出してもらっている。今は生活費も小遣いももらっているが、せめてそれくらいは自分で稼ぎたかった。

しかし、もう一ヶ月もアルバイト先を探すためにいろんな店を食べ歩いている。友達との遊興費を削ってその費用にあてているのだが、贅沢して浪費しているような罪悪感を覚えはじめていた。

まずは適当なところで手を打って金を稼ぎ、その金で食べ歩いて次のバイト先を探した方がいいのか。しかしそれでは最初のバイト先に申し訳ない気がする。そんなことをグルグル考えてしまってなかなか決まらない。気を遣いすぎて先に進めなくなるのは、聡にはよくあることだった。

金の心配はしなくていいという梓の言葉に甘えてしまっているが、本当は早く働きたい。家事はすべてできる聡にとって、働いて金を稼ぐことが自立の第一歩だった。

「そういえば、あのシェフのお店は？　ほら、一回講師に来た時に知り合いだって言ってた、有名なシェフの有名なお店！」

美紀がどこか浮き浮きと言った。

「前田《まえだ》シェフのこと？　うーん、勉強にはなるだろうけど、店が大きすぎるし、コネで入れてもらうのは申し訳ないよ。本職の料理人が働きたいって列をなしてるような店なんだから」

そう言うと、美紀は残念そうな顔になった。

前田はマスコミにもよく顔を出す、有名なイタリア料理店のシェフだ。経営している店は二十年近くも不動の人気で、もう五十歳くらいのはずだが、顔のよさとイタリア男のような軽妙な語り口で、特に女性に人気がある。どうやら美紀もファンらしい。

知り合ったのは聡がまだ幼稚園児の時。前田の娘と同じ幼稚園に通っていた縁で、梓と前田も仲よくなり、小学生くらいまではたまに前田の店に食事をしに行っていた。疎遠になったのは梓が出版社に復職して忙しくなったというのもあるが、主に梓に馴《な》れ馴《な》れしい前田のことを黒崎が嫌っていたせいだろう。

だから、聡が特別講師として学校にやって来た前田を見たのは、テレビ以外では七年ぶりくらいだった。

『最近はお洒落《しゃれ》な雰囲気や宣伝だけで客を呼んでる繁盛店もあるけど、お客様はそんなに馬鹿じゃない。料理がダメじゃ絶対に長続きしない。レストランはまず料理！　味、盛りつけ、香り、感動！　それを提供できなきゃ料理人とは言えないよ。僕はイケメンシェフって話題になって、店にもお客様が一気に増えた。でも、今も第一線でやっていけてるのは、僕が今もイケメンだから、じゃない。確かな料理の腕があったからだ。きみたちもここでしっかり学んで、胸を張れる料理人になってね』

前田は変わっていなかった。記憶通り、軽くて調子のいい格好いいおじさんだった。しかし小学生だった聡は専門学校生になり、すっかり成長した聡に前田は気づかなかった。

『お、きみもイケメンくんだねえ。でもちょっと臆病《おくびょう》なのかな。からすみはケチらない！　もっと豪快に振りかけてー』

実習の時、前田は聡の横に来て、豪快すぎるほどパスタにからすみを振ってみせた。間近で目が合ってなにか引っかかったような顔になり、聡の胸の名札に目を落とした。

『河合聡？　……もしかして、梓くんの息子くんの聡くん？』

『はい。ご無沙汰《ぶさた》してます、前田シェフ』

『あー、やっぱり目元が梓くんと似てるよね。甘くて優しげで。いやあ、いい男に育ったなあ』

前田はにっこり笑って、その長い指で自然に聡の目元に触れた。こういうところも相変わらずで聡は笑ってしまう。梓にも同じことをするから黒崎に嫌われるのだ。

前田は、『シェフになるの？　困ったことがあったらいつでも言って』と言っていたが、甘える気はなかった。しかしイタリア料理は大好きだ。

「あの時のスパゲティ・ボッタルガ、美味《うま》かったよなあ……。やっぱイタリアンかな」

聡は携帯端末で、家の近くのイタリア料理店を調べる。

大手の飲食店検索サイトで引っかかるところにはもうだいたい行った。もっと範囲を広げるべきか、違う探し方をした方がいいのかと思案していると、

「あ、そういえばお友達がすごく美味しい隠れ家レストラン見つけたって言ってたよ！　確かイタリアンだったと思うな。ちょっと待っててね」

美紀はそう言って友達に電話を掛けはじめた。しばらくまどろっこしい遠回りの会話が続き、やっと店の話に辿《たど》り着く。

「弁当？　ベント、ああベント。イタリア語で風っていう意味？　ふーん。シェフがイケメンなんだ！　あ、じゃあ私も行こうかな。高い？　そうでもない。ＯＫ、ＯＫ。うん、じゃ

あ地図送って。ありがとー、またね」

横で聞いているだけで大体の内容は把握できた。イケメンシェフと聞いた途端に期待値は下がった。女性の場合、それだけで店の評価が上がってしまう。そのイケメンが笑顔で接客などしていようものなら、星が二つくらい増える。イケメンでも前田のように腕の確かなシェフももちろんいるけれど——。

とてもわかりにくいところにあるからと地図を送ってもらったが、それをもってしてもわかりにくい場所にその店はあった。

夕方、学校が終わって美紀と一緒に店に向かう。

最寄り駅は聡のアパートと同じ駅だった。駅の裏側というところも同じだったが、方角が四十五度ほど違う。古くからの住宅街の中、狭くて入り組んだ路地を抜けて、二つの路地が鋭角に交わる突端に、店はひっそりと建っていた。

いや、ひっそりというのは語弊があるかもしれない。こぢんまりとはしているが、地中海風の白くて四角い建物は、昭和の雰囲気漂う住宅地の中では激しく浮いていた。

モルタルに真っ白なペンキが塗られた外壁、青い木製のドア、砕いたカラフルなタイルで『VENTO』と壁に文字が入れられていた。木々に囲まれた緑の生い茂る庭があり、そこに面した大きな窓には、白と青のストライプのオーニングがかかっている。ここにだけ南イタリアの風が吹いているようだ。

「素敵ね」

美紀はうっとりと言ったが、聡は場違いさが気になった。わかりにくいところにあるからこそ目立つ方がいいのかもしれないが、もっと周囲との調和を考慮した方がよかったのではないか。どうもそういうことが気になってしまう。

「いらっしゃいませ」

ドアを開いて中に入れば、明るい声に迎えられた。白シャツに黒のエプロンとスカートという格好の女性は、三十代前半といったところだが笑顔がとても素敵だった。

白壁にタイルが貼《は》られた店内も可愛らしく、木のテーブルや飾り棚に置かれた小物もさりげなく趣味がいい。四人掛けのテーブル席が四つとカウンターに五席。こぢんまりと落ち着く店内に、客は一人もいなかった。夕食には少し早い時間のせいかもしれないが、期待値はますます下がる。

窓際の眺めのいい席に通された。庭もこぢんまりとしているが、草木がすり鉢状に伸びていて圧迫感はなく、外の昭和な住宅街も見えなかった。

メニューを開いてホッと安堵する。そんなに高くないとは聞いていたが、イタリア料理は価格の幅が広く、人によって安いと感じるか高いと感じるか様々だ。一番手頃なコースで二千円は安い方だが、すねかじりの学生にはちょっと辛《つら》い。前菜も食べてみたいけど、手頃な値段のパスタに的を絞った。

「あー、どれにしよっかなー悩むぅ」

パスタは六種類。今日のおすすめが二種類あって、ひとつがからすみを使っていたので、聡はそれを選んだ。美紀はもうひとつのおすすめパスタを選ぶ。

「一口食べさせてね」

美紀が小さな声で言った。きっとそれは美紀なりの気遣いだろう。味を知りたい聡の気持ちを察して言ってくれたに違いない。

「うん、ありがとう」

「ヤダなあ、なんで聡くんがお礼言うのー？　私が食べたいだけだよ」

美紀はニコニコと笑う。

女性がオーダーを通すと、厨房《ちゅうぼう》から男性の声が応じた。厨房はクローズドだが、カウンター奥の壁に五十×百センチくらいの横長の口が開いていて、シェフの顔は見えないが手元は見えた。料理もそこから受け渡すのだろう。カウンター席に座ったら、シェフの顔も見えたかもしれない。

「うーん、イケメンシェフの顔は見えないなあ。残念」

美紀はそう言ったが、聡はシェフの容姿にはまったく興味がなかった。

「手つきはいいよね。厨房もきれいだし整頓《せいとん》されてる。まあそれは最低ラインだけど」

「うん、うちのお父さんも言ってた。きれい好きは料理人の資質のひとつだって」

美紀の父親は小さな洋食店のシェフだ。一人娘だから店を継ぐつもりだけど、一緒にやってほしいとは思ってないから、と付き合いはじめてすぐに言われた。それが本音かどうかはわからない。跡を継いでほしいなんて言われたら及び腰になる男は多いだろう。聡もどちらかといえば、跡を継ぐより自分で店を持ちたかった。

「そういえば、聡くんのお父さんってなにしてるの？」

「うちは……会社員」

父親と訊かれて、一瞬どっちだろうと思ってしまった。どっちもなにも、父親はひとりなのだが。

「なんの会社？」

「出版社」

「えー、すごーい。本出してるんだ」

「うちの父親は編集者だけど、本を作るのも、料理を作るのも、すごさは変わらないと思うよ？」

「でも本って、いっぱいの人が読むじゃない」

「いっぱいだってひとりだって、誰かを喜ばせることができるのはすごいことだと俺は思う」

黒崎にはファンがいっぱいいる。次の本を待ち望んでいる人たちがいる。だけど料理人だって、その人の料理を食べたいと足を運んでくれる人がいるからやっていける。食べ終わって美味しかったという顔と、読み終わって面白かったという顔に優劣なんてないはずだ。

「そだね。私、お父さんの料理を食べた人が、美味しかったよって言ってくれるのがすっごく嬉しくて、だから料理人になろうと思ったの」

「俺も……そんな感じかな。うちの父親、料理下手くそで、俺が作るとすごい褒めて食べてくれたんだ」

「そっか……。いい料理人になろうね」

美紀は小首を傾《かし》げて笑った。似たような原点と同じ志がある可愛い女の子。この子とならうまくやっていけるんじゃないだろうか。

「うん、そうだね」

聡も笑顔を返した。

他に客のいない店内では厨房の音がよく聞こえた。切る音、炒《いた》める音、軽快で小気味よいリズムは、いかにも陽気なイタリアンという感じだ。前田の軽さを思い出すが、味さえよければシェフの人となりはどうでもいい。

十分ほどで運ばれてきた二つのパスタは、どちらも鮮やかな見た目で美味しそうだった。

聡の皿は、白い器に濃いグリーンの麺、クリームソースとパンチェッタ、そしてからすみの黄色。

「いただきます」

口に入れて、咀嚼《そしゃく》して、じわりと嬉しくなる。これは美味い。からすみの塩加減が絶妙だ。パスタのゆで加減も、ソースの絡み具合もちょうどいい。

「美味しい……」

吐息のようにつぶやいたのは美紀だったが、自分が言ったのかと思った。

興奮するというよりはホッとする美味しさだった。見た目は華やかなのに味は飾らない、ザッと作った感じなのに素材の味が繊細に折り重なって融和している。料理上手なイタリアのマンマが作った家庭料理という感じ。

思わず厨房の方を見れば、窓枠に手をかけてシェフがこちらを見ていた。

なるほど噂通りのイケメンシェフだ。男前というよりは可愛い感じの顔だが、美味しいという言葉に、そうだろう？　と笑ってうなずく表情は不遜《ふそん》で、自分の料理への自信が窺えた。

そしてこの人も、美味しい笑顔が見たくて料理をしている人なのだろうと思えた。

シェフの大きな瞳が自分に向けられ、強い眼差しと目が合った瞬間、脳内でなにかが反応した。しかしそのなにかがなんなのかはわからなかった。

そこに接客係の女性が現れて、白いスープカップを二つテーブルに置いた。

「こちらはシェフからのサービスで、マッコ……エンドウ豆のことね、のスープです。どうぞごゆっくり」

聡の意識はすぐにそちらに奪われた。

「わあ、ありがとうございます！」

美紀は感激し、聡も礼を言って早速スープに手を伸ばした。ほのかに緑がかった黄金色が美しい。どろりとしたスープをスプーンで持ち上げ、口に含むとまず豆の甘みが口中に広がった。少しの苦みは豆のものなのか、隠し味のなにかなのか。砕いたクルミがいいアクセントになっている。

次から次に手が伸びて、気づけばスープもパスタも平らげてしまった。美紀と交換することさえ忘れていた。聡はおもむろに立ち上がる。

「聡くん？」

不思議そうな顔の美紀を置いてカウンターの前まで行き、厨房に向かって声を掛けた。

「あの、すみません……」

シェフの姿は見えず、先ほどの女性が奥から出てきた。

「はい、なにか」

「こちらでアルバイトをさせてもらえませんか？」

自分はどちらかというと慎重派だと思っていた。衝動的に動くことは滅多になく、考えすぎて動けなくなることの方が多い。アルバイト募集なんてどこにも書いてないし、この店なら二人でも充分やっていけるだろう。いつもならそういうことを考えて躊躇《ちゅうちょ》するところだ。

でもなぜか、ここだ、という直感に、素直に体が動いた。

「アルバイト？　あー、ちょっと待ってね。千野《ちの》くーん」

女性は窓枠から顔を突っ込んで、厨房の奥へと声を掛けた。

「ん？　なに？」

「お客さんがアルバイトしたいって」

「アルバイト？　募集してないけど」

奥から返ってくる声は素《そ》っ気《け》ない。

「すごく美味しかったんです。お願いします、ここで働かせてください」

聡は姿の見えない男に向かって頭を下げた。

「いいじゃない。どうせ募集しなきゃいけなかったんだし」

女性の言葉に、聡はハッと顔を上げた。いけるのか⁉　と、期待の眼差しを向けたが、現れたシェフの顔は明らかに気乗りしていないふうだった。じっと聡を見て、美紀へもちらりと目を向けて、「うーん」と唸《うな》る。

「お願いします」

「俺、男は雇いたくねえの。おばちゃんがいいんだよなあ。蘭《らん》ちゃんよりもっとずっとおばちゃん」

さては熟女好きか。これは手強《てごわ》そうだ。

「そんなこと言って、おばさんだったらおばさんで、あーでもないこーでもないって文句つけてなかなか決まらないじゃない。そろそろ私、臨月なんだけど？」

そう言われてやっと、エプロンの下のお腹《なか》のでっぱりに気づく。元が細いからなのか、あまりお腹が目立たない。臨月にはとても見えなかった。

「あ、奥さんですか？」

「違うわよー。私の旦那はもっと男前。でもきみもわりと男前よね、真面目そうだし。ちょっとー、これは優良物件なんじゃない？」

女性が勧めてくれて、シェフはとりあえず厨房から出てきた。

身長は聡より十センチほども低い。百七十センチないだろう。しかし態度は尊大で、聡の前に立つと、上から下までじろじろと見て品定めする。

大きな目の眼差しは鋭く、ピンクの唇はへの字に結ばれていた。好感触は一切ない。

「俺よりでかいし、俺より若いし、うーん……。学生？」

黒のキャップを被《かぶ》った頭は小さく、白いコックコートを着ていなかったら、そっちが学生？と訊きたくなる感じだ。若く見えるが、採用の決定権があるのなら、たぶんオーナーなのだろう。

「はい。調理師専門学校の一年生です」

「てことは、まだ未成年？」

「はい」

「うーん。ほら俺、あんまり教育によろしくないしー？」

シェフが言うと、女性は「ああ……」とうなずいた。

「真面目そうで顔がいい男って嫌いなんだよね。なんか胡散臭《うさんくさ》いじゃん？　偏見とかありそうじゃん？」

その言葉に女性はまた「ああ……」とうなずいた。

唯一の味方の心が離れていく。このままでは押し切られてしまうと焦った。こんなことを言われてもここで働きたいと思っている自分が不思議だったが、それくらい好みの味だったのだ。感動したのだ。

「俺、特に偏見とかはないです。どうせ誰か雇うんですよね？　試しに雇ってみてください。ダメだと思ったら即クビでもいいですから」

「うーん、でも俺はおばちゃんが……」

なおも熟女を押してくるシェフに、聡は前のめりに言葉を被せた。

「このタイミングって運命じゃないですか？」

「運命ねえ……」

「本当に美味しかったんです。こういう料理が作れるようになりたいんです。シェフは天才だと思います。……お願いします！」

押して、持ち上げて、深々と頭を下げた。

「そんなに……美味かった？」

「はい、もう。塩加減が絶妙で、シンプルなのに感動するほど美味しかったんです」

料理を褒めるとシェフの口元が緩んだ。聡は思いつく限りパスタとスープの感想を並べ立てた。褒めるとどんどん機嫌がよくなっていく。わかりやすい男だ。

「じゃあ……お試しだからな。俺に口答えすんなよ」

「はい」

「じゃあ明日、履歴書持ってきて」

「はい」

自分で押しておきながら、思いがけない展開に驚いていた。でもなんだかとても浮き浮きしている。

「おい、彼女がなんかびっくりしてるぞ」

言われて振り返ると、美紀は確かにぽかんとしていた。席に戻って「ごめん」と謝ると、「聡くんがそんな情熱的なんて知らなかった」と笑われた。

「うん、俺も知らなかった」

苦笑するしかない。

慎重、堅実、真面目、そんな言葉は数え切れないほどもらったが、情熱的なんて言われたのは初めてだ。衝動で突っ走った数少ない経験はほぼ失敗に繋《つな》がっている。

今も若干動きが悪い右足は、子供の頃に衝動的に突っ走った結果らしい。それを訊くと梓は辛そうな顔をするので詳しくは聞いていないが、黒崎には「おまえは溜《た》めて爆発するタイプだから気をつけろ」と言われた。

しかし今の衝動は、不満を溜めて爆発したわけじゃない。直感による前進だ。だから悪い方には転がらない――と思いたい。

翌日から聡のアルバイト生活が始まった。

三

「俺は千野隆一《りゅういち》だ。ここで店を始めて三年になる」

「え？　あ、えーと、千野さんって何歳なんですか？」

「二十八だ」

「ええ⁉」

「なんだよ、文句あんのか⁉」

「いえ、ありません」

せいぜい二十四、五歳だと思っていたので驚いた。自分より十歳近くも上にはとても見えない。童顔というほどではないが、拗《す》ねた男の子のような風貌《ふうぼう》で、もうすぐ三十の大人の男の重みみたいなものは感じられなかった。しかし、そんなことを言えば即クビと言われそうなので黙る。

「四方《よも》調理師専門学校か。専攻はもう決めてるのか？」

「いえ、まだです」

「ふーん。まあ二年あるしな。やってるうちにわかるだろう。とりあえずうちでは掃除だ。高いところに手が届くのは便利でいいな。蘭ちゃん妊婦だから無理は言えなかったし。低いところは這《は》いつくばってやれよ」

千野は無茶を言う時ほど楽しそうな顔をする。性格には少々難がありそうだ。しかし、ムッとしていると冷たい顔は、笑うと愛嬌があって、顔で得をしているところはある気がする。苛立ちが半減するのだ。

「ふふふ……そうか、奴隷だと思えばいいのか。そうかそうか」

床の隅を磨いていると、千野が悪魔のような笑みで見下ろしてくる。少々じゃなくてかなり難ありかもしれない。

ニヤリと笑った顔が、記憶のなにかに引っかかったが、思い出せない。誰かに似ているのだろうかと考えてみたが、やっぱり思い出せなかった。

千野の奴隷という言葉は脅しでも比喩《ひゆ》でもなく、聡は毎日いいようにこき使われた。

「今日は草むしりな。軍手しろよ。爪《つめ》の間に土とか絶対入れるな」

「わかりました。軍手はどこに……」

「買ってこい。ほら、金」

人使いは荒く、厨房には後片付けの時しか入れてくれない。フロア担当の女性、臨月の蘭《らん》子《こ》は二日ほど引き継ぎをしてさっさと辞めてしまった。

イタリア語のメニューを覚えるだけで一苦労だ。

千野はイタリアで五年ほど修業していたそうで、イタリア語はペラペラだった。メニューに記載されている料理名はイタリア語で、もちろん日本語で添え書きもされているのだが、食材や料理法など詳しい説明を求められることも多かった。メモ帳片手に説明するのは格好悪いので、家でも必死で覚えるのだが、メニューの三分の一は日替わりで当日決まる。

「まーだ覚えられないのか？　インボルティーニは巻いてるってことだ。これはナスで巻いてあるんだよ、わかったか？」

「……Ｓｉ」

働きはじめてまだ十日ほど、これは初めて出てきた料理法なのだと言いたいが、言えない。聡の返事はイタリア語の「はい」である「Ｓｉ」しか認められていなかった。

とんだ暴君だが、閉店後には余った食材でまかないを作ってくれる。その軽やかな手つきと料理の美味しさに、不平不満は引っ込んでしまう。

「美味いだろ？　ナスのインボルティーニ」

「めちゃめちゃ美味い、です」

快楽に負けて性悪女と手を切れないダメ男――の気持ちが、なんとなくわかるような気がする今日この頃だ。

暴君は、料理を褒めると途端にいい顔になる。普段は殺気が漂うほど不機嫌そうな顔をしているのに、料理を褒められた時のちょっと自慢げな顔は、まるで子供のように無邪気で可愛かった。その落差は楽しい。

「そういや明日は日曜だな。休みなんだろ、学生」

「学校は休みですけど」

「んだよ、デートかよ」

「まあ……」

聡としてはイタリア料理の勉強をしたかったのだが、アルバイトの時間まででいいから、と美紀に押し切られた。

「あ、そう。明日は生ハムの仕入れに行くから連れてってやろうかと思ったけど、まあ若者は女といちゃいちゃするがいいさ」

「え、マジですか？」

思わず身を乗り出す。どうせただの荷物持ちなのだろうが、それでもいつもは掃除と接客ばかりで料理に関《かか》わらせてもらうのは初めてだし、生ハムは大好きだ。ひどくそそられる。

「ついでにその生ハムで料理作って試食させてやろうかと思ったけど……まあいいさ。若者は女と……以下略」

「ちょ、ちょっと待ってください。交渉してみます」

電話したら当然ながら美紀は怒った。しかし美紀とのデートよりも、生ハムと試食の方が聡には魅力的だった。店が休みの水曜日に埋め合わせするということで、なんとか了承を得る。

「明日、連れてってください。お願いします」

聡は千野に頭を下げる。

「おまえ……ふられるぞ？」

千野は呆《あき》れたように言った。

「え？　大丈夫だと思いますけど……。俺、いつもよくわからないうちにふられるから、ありえなくはないですね」

「あーあれだ、おまえ。もて男の八方美人、優しいけど女心がわかってない、っていう鈍《にぶ》ちんの罪作りタイプだ」

断言されて少しばかりムッとする。しかしちょっと当たっているような気もしてしまう。

「女心なんて、わからないでしょ」

女心は複雑怪奇。なぜそうなる？　と理解不能に陥ったことは一度や二度ではない。

「まあな。でもさ、おまえ……ふられて泣いたこととか、ある？」

「いえ」

「だろうな」

見透かしているような言い方にはやっぱりムッとする。

「悲しいけど泣かないだけです」

「そういうことにしといてやるよ。経験すれば嫌でもわかるようになるさ。若者はいろんな恋をして、いろいろ失敗すればいい」

そう言ってまた千野はニヤッと笑った。

「失敗……」

そのワードに記憶が刺激される。

『失敗じゃないぞ。誰がどう言ったって、俺はおまえの母さんを好きになって結婚しておまえが生まれた。結局離婚したけど、失敗なんかじゃない。おまえが生まれたから俺は全部大成功だったたって思ってる。おまえのおかげだ、ありがとう、聡』

なにかの時に梓が言った言葉だ。

梓は親バカだ。聡、聡と鬱陶《うっとう》しいくらいで、しかし邪険にして梓が悲しそうな顔をすると反発心はしゅるしゅるとしぼんでしまう。

自分を絶対的に肯定してくれる人がいる、その安心感。聡だって梓のすべてを肯定したいが、それができないのが苦しい。すべてを認めてしまえば楽になれる気がするのに、胸の中にどうしようもないしこりがあって、それが邪魔をする。

「失敗を踏み台にしていつか素敵な恋を……なんてことは言えねえけどな。確かに失恋で新たな道が開けることもあるけど……ま、恋に関しては失敗ばっかで終わるってこともある気がする」

千野は少し投げやりに言った。達観しているというよりは、諦めているというか、そういうものだと言い聞かせている感じ。どうやら千野は、失敗はあっても素敵な恋の経験はないらしい。

「人から見れば失敗でも、本人的には成功ってこともありますよ？」

フォローにもならないことを言ってみた。少なくとも梓はそうだったのだから、まったくのでたらめではない。

「ああ……その逆もあるよな」

「逆……？」

「人から見れば成功して幸せそうでも、実際は空っぽの張りぼてで……ってなことだ。まあ、人生いろいろ、俺は料理があればいい。明日遅れんなよ。一分でも置いてくぞ」

千野は遠い目をして、空っぽと言った瞬間すごく冷たい目になった。しかしすぐに笑顔を作り、冗談めかして脅しをかけてくる。

千野の人生にもいろいろあったのだろう。なにせ聡より十年近くも長く生きている。外見的にはまったくそうは見えないが。

千野になにがあったのかを深く知りたいとは思わないが、幸せそうに笑っている千野は見てみたいなと少し思った。

千野の車はいつも店の裏に置いてある軽のワゴン車だった。

「おまえ、軽が似合わないな。無駄にでかい。縦に」

助手席に座った聡を見て、千野は嫌そうに言った。

「そんなにでかくはないと思いますけど……。千野さんは似合いますね」

「おまえ、高速で降ろすぞ」

千野は身長が百七十センチに満たないのが悔しくてならないらしい。ことあるごとに身長でいちゃもんをつけてくる。聡は百八十センチあるので、確かに軽自動車向きとは言い難いが、そんなにめちゃくちゃ大きいわけでもない。

「日本でも生ハム作ってるところなんてあるんですね？」

「ああ。あるにはあるが、なかなか美味いのはないな。今から行くハム屋の主人とはイタリアで知り合ったんだ。パルマで修業して帰国して、でも日本は気候風土も豚の質も違うから、かなり試行錯誤して、やっと最近それなりのものができるようになった。プロシュットに関しては日本一だと俺は思ってる」

プロシュットは豚のもも肉を塩漬けして乾燥させ、熟成させてできる生ハムのことだ。

「いいのができてるといいなあ。クラテッロもあるらしいんだ」

「クラテッロって……」

「尻肉《しりにく》だ。それくらい覚えろ」

職人への賛美と、見習いへの罵倒《ばとう》。とてもわかりやすくランク付けされている。

料理や食材のこととなると千野はとても饒舌《じょうぜつ》になる。語り口も熱っぽく、聡は行きの車の中で、かなりの生ハム知識を手に入れることができた。

一口に豚肉といっても、個体のひとつひとつで質が違う。同じように育てても、筋肉質な奴もいれば脂肪がぶ厚い奴もいる。その特徴を見極めて、擦り込む塩の量を調節し、湿度を管理し、脂を塗り、そういう工程のどれをとっても繊細な熟練の技が必要で、機械化なんて絶対にできない。できあがるのに一年以上もかかる、まるで芸術品のようなハムなのだ、というようなことを千野はやや陶酔気味に語った。

高速道路を一時間ほど走り、インターを下りてさらにまた一時間。ハム工場は山間《やまあい》にぽつんとあった。かなり規模は小さい。しかし取引先にはイタリアンの名店が名を連ねているらしい。

直売所と書かれた扉から中に入ると、狭いスペースに天板がガラスの冷蔵ケースが並び、覗き込めばいろんな種類のハムやベーコンが並んでいた。

「よう、よく来たな」

奥から出てきたのは、白衣に白のゴムエプロンを着けた、ひげもじゃの熊のような男だった。千野に向かって片手を上げる。

「いいのできたか？」

「おい、挨拶《あいさつ》の前にそれかよ。相変わらずだな」

苦笑する顔は人がよさそうに見えた。年齢は千野より一回りくらい上だろう。

「挨拶だろ。俺はあんたに会いに来たんじゃない、プロシュットに会いに来たんだ」

「はいはい、俺の子を愛してくれて嬉しいよ」

千野の無愛想も無礼も軽く受け流せるのは、付き合いの長さゆえか、温厚な性格だからなのか。体格同様に器も大きそうな男は、千野の後ろにいる聡を見て少し驚いた顔をした。

「珍しいな、おまえに連れがいるの」

「こいつはうちのバイトだ。料理の学校に行ってるから勉強になるかと思って」

「荷物持ちだろ？」

「まあそうとも言うな」

今さらそんなことでは傷つかない。良くも悪くも千野はわかりやすく、二週間足らずの付き合いですでに下僕《げぼく》扱いにも慣れてしまった。聡は笑顔で男に頭を下げる。

「河合です。よろしくお願いします」

「俺は田中《たなか》だ。しかし大丈夫なのか？　こんなさわやかくん。すごくちゃんとしてそうじゃないか。千野に使われんのは大変だろ？」

顔を覗き込むようにして問われ、聡は目を泳がせる。

「いえ。まあ、料理が美味しいんで」

とりあえず正直に答えた。

「なるほど。確かにこいつの作る料理はうめーよな。ハムが喜んでるから、俺もなんか許しちゃうんだよ。めっちゃ無礼なんだけど」

「なんだおまえら、俺が料理だけの人間みたいに聞こえるぞ」

「そう言ってるんだから間違いない」

田中は平然と言い返し、千野も鼻で笑って流した。その気安さは信頼あってこそという感じで、なんだか羨ましかった。

田中の後について直売所から工場の中に入る。大きな機材はステンレス製で無機質な感じだったが、そんな印象も無数に吊《つ》るされた肉のかたまりが圧倒した。

壁一面に天井まで豚肉が鈴なりだ。聡は思わずぽかんと見上げる。

「ほれ、極上品だ」

田中は大きな調理台の上に、ウイスキーボトルを二回りくらい大きく膨らませたような肉のかたまりを、ドンとのせた。豚の脚だと思えばえぐいが、表面の飴《あめ》色は美しかった。しかし食べ物というよりは鈍器という感じだ。

それが薄くスライスされた途端に、透きとおった桜色の花びらに変わる。一年以上も乾燥されているもののはずなのに、なぜかみずみずしい。手のひらにのせられると脂が溶けるようで、慌てて口に運んだ。

口の中で味が染み出す。柔らかいのに歯ごたえもあって、噛《か》むほどに旨《うま》みは増した。

「うま……」

聡は思わず呟《つぶや》いた。生ハムの概念が覆される。こんなに美味しいものだとは思っていなかった。

「感動するだろ？　俺も初めて美味い生ハム食った時、そうだった」

田中は自信満々の顔で笑う。

「いい出来だ。さすがだな、おっちゃん」

千野は雑に褒めたが、かなり気に入ったようなのはその表情から知れた。

「おっちゃんじゃねえ、マエストロだ」

田中は嬉しそうに胸を張る。

「河合くん、この兄ちゃんは可愛い顔して言うことえげつないから気をつけろよ。本当、容赦ないから」

皿に生ハムがなくなると、田中はかたまりを再びスライスし、千野の前に差し出した。それを千野は行儀悪く口で受け取る。犬の餌付《えづ》けだ……と思う。

「俺は正直なだけだ。あん時のこと言ってんなら、あれはおっちゃんが悪い」

「まあそうなんだけど。だって試したくなるだろ？　若造が、いかにも俺は味がわかってますって顔してさ。褒め言葉は的確でも、どこかの誰かの受け売りかもしれないし。だから微妙に、本当に微妙に塩加減を間違ったプロシュット食わせてみたんだ。どう言うかと思って。褒めたら笑ってやろうと思ったら、そりゃあもうボロクソにけなされた。俺の繊細なハートはズタズタになった……」

「なにが繊細だよ。自分が悪いんだろ。最初に食べたのはすげー美味かったのに、変なの出してきやがって。俺の感動を返せって思ったんだよ。そりゃ、そんなにひどかったわけじゃないけど、こんなので満足されたら困ると思って、三割増しくらいひどく言ってみた」

「三割どころじゃねえよ、十倍くらいに膨らんでたぞ。イタリア人だってもう少し気を遣う。おまえは本当に日本人か⁉　試した俺が悪いんだけど、ホント傷ついたわー」

「俺にまずいものを食わせるな」

「まずいって……。まあ、あれで千野を信用したってのはあるな。人としてはともかく、味はわかる奴だって」

ポンポンと言い合って、二人は苦笑に落ち着いた。千野はどこか嬉しそうにも見える。そしてちょっと照れくさいようだ。よく見ていると千野は感情がすべて顔に出る。

「俺の顔見てんじゃねえよ、ハムを見ろ。おまえはまだ見る目皆無なんだから、五感をフル動員させてこの味を覚えろ」

表情を観察していたのはばれていたらしい。冷たく睨《にら》まれる。

「Ｓｉ」

表情が読めてもしょうがない。千野が子供っぽくても、料理に関しては遥《はる》かに上手《うわて》でかなわないのだ。今はまだ……。

「なあ、クラテッロは？」

「ああ。おまえ買えよ？　食わせるだけなんてできねえんだよ、あれは」

「まずかったら買わない」

「てめえ……まずいわけねえだろ」

千野と田中はなんだかんだと言い合いながら仲よしだ。千野がどこか甘えているように見えるのは、歳の差があるからだろうか。

「聡、その最後の一枚は俺のだ」

なにげなく手を伸ばした最後のプロシュットを千野が見咎《みとが》める。自分はまだ口の中に前のが残っているくせに。

「はあ。どうぞ」

逆らう気も起きず、最後の一枚を摘《つま》んで千野の前に差し出した。顔の前まで持っていったのは、少し期待したからだ。さっき田中がした時のように、パクッと口で受け取ってくれるだろうかと。

しかし千野は手で受け取り、すぐに自分の口へ放り込んだ。それなら口でもいいじゃないか、などと、なぜかすごくがっかりしている自分がいた。

千野はプロシュットを二本とクラテッロを一つ買った。荷物持ちとしては大した量ではないことにホッとした。その都度仕入れた方が状態がいいからという理由はもっともで、それじゃ荷物持ちは口実で、連れてきてくれただけなんじゃ……なんて思ったが、儚《はかな》い幻想だった。プロシュットは一本が十キロ以上ある。クラテッロもまるで漬け物石だ。さらにその後回った数カ所でも、きっちり荷物持ちをさせられた。

「でかいんだからもっと持てるだろ」

僻みっぽい暴君は言った。

「俺がでかいのも千野さんが小さいのも俺のせいじゃありませんよ」

聡は小麦粉の袋を抱えて、少々やさぐれながら言い返す。

「俺は小さくない！」

「じゃあ俺だってでかくはないです」

「生意気だ、下僕のくせに」

そんなことを言われて思わず笑ってしまうのは、拗ねた顔が可愛かったから。やっぱり得な顔だ。

「あ、俺プロシュットの料理ひとつ思いついた。ふふん、絶対美味いぞ。楽しみにしてろ」

子供のように得意げな顔を見せられると、戦意喪失どころか庇護欲《ひごよく》のようなものまで湧《わ》いてくる。十《とお》近くも歳上で、料理人としての腕もあり、護《まも》ってやるべき要素などなにもないのにそんなことを思うのは、歳上の人をずっと護りたいと思いながら過ごしてきたせいかもしれない。

でも梓には黒崎がいた。自分の出る幕などなかった。

千野だって護られることなど望んではいない。当然だ。護る力だってない。

自分にはまだなにもない――。

今からだ――そう鼓舞してみるが、自分がいったい何者になれるのか、期待よりも不安が大きかった。誰かを護れる人間になんてなれるのだろうか。料理人にだってまだなれるかどうかもわからないのに……。

店に戻ると千野はプロシュットを軽々と持って厨房に入っていった。鼻歌混じりに調理を始める。料理に手を出すと怒られるので、聡はテーブルのセッティングだけして、千野の手元を見ながらおとなしく待っていた。

「なに難しい顔してんだよ。ほら、できたぞ。絶対美味いから、食え食え」

自信満々の顔で自分の料理を勧めてくる千野が、少し憎らしい。しかしその料理を口にすれば、自信にはちゃんと裏付けがあるのだとわかる。

「すごく、美味しいです」

「だろー？　いい食材は俺を天才にする」

千野は尊大で、しかしにこにこ嬉しそうで、悩みなんてなさそうに見えた。だけど千野だって最初から自信満々だったわけじゃないはずだ。

「あの、千野さんのご両親は料理関係のお仕事ですか？」

「俺の？　いや、全然関係ねえよ？」

「そうですか。なんか……よかった」

そんなことにホッとする。学校にも二世や三世は多い。美紀もそうだし、料理業界には特に多い気がする。そういう人たちを見ていると、極端に後れを取っているような気持ちになるのだ。

なにせ自分の親は壊滅的な料理下手だから。

「あのな、俺は自分が自信ねえのを親のせいにする奴が大嫌いだ。血筋とか才能とか、そんなのはとことんやってみた奴がどうにもならなくて諦める時にだけ使える言い訳だ。自分がしたいと思ったんなら、親がどうとかうだうだ言わずにとにかく必死になってやってみろ」

「そうですね。親は関係ないですよね」

千野は甘くない。だけどちゃんと話を聞いて、正面から自分の意見を言ってくれる。そして自分の甘さに気づかされる。

「料理人なんて、よほど不器用とか味音痴でなきゃなれるんだよ。問題は、なった後だ。運とか経営センスとか、頑張ってもどうにもならねえことがいっぱいある。頑張ればどうにかなるひよっこのうちは、脇目《わきめ》もふらずにやれ」

千野はまるで脅しのように発破《はっぱ》を掛けてくれた。

「はい、頑張ります」

「ち、優等生め」

ありがたく思って素直に答えれば、なぜか舌打ちされた。しかしそのしかめっ面《つら》は少し照れくさそうにも見える。

「千野さんはすごいですよね、若いのに自分の店持って」

ちょっと持ち上げてみると、千野はさらに渋面《じゅうめん》になった。

「それはまあ……才能だな」

「才能って、料理のですか？　経営の？」

「そんなの、パトロンをたらし込む才能に決まってんだろ」

「え？」

「冗談だ。なんでも信じてんじゃねえよ、真面目くん」

馬鹿にされてムッとする。

「いや、千野さんなら可愛いから、そういうのも行けるのかなって」

本心半分、意趣返し半分で言い返した。笑顔の聡を千野はジロッと睨んで、それから吐き捨てるように溜息をついた。

「おまえさ……そういうことを女の子にもシレッと言うだろ。顔のいい男はな、軽々しくそういうこと言っちゃダメなんだよ。勘違いさせるから」

「勘違い?」

「お、俺じゃねえぞ!? ……おまえ、彼女いるんだよな? そういう優しげな顔で可愛いとか言うと、他の女に惚《ほ》れられちまうぞって忠告してやってんだよ。身に覚えがあるだろ?」

身に覚えはある。誰にでも優しい、誰にでも気のあるようなことを言う、と詰られたことはあるが、聡にはもてたいという願望がない。無駄に気を持たせるなんてことはする必要がない。

「俺は別に……思ったことを言っただけなんですけどね」

マイナスの言葉だと思えば呑《の》み込むが、褒め言葉や感謝の言葉はできるだけ伝えたい。その時に笑顔なのは当然のことだ。

「は? 思ったこと? じゃあおまえは俺を可愛いと思ってるとでも言うのか!? んなわけねえだろ」

「……可愛いですよ?」

それは本当に思っている。千野がそれを喜ばないこともわかっているから、さっきのはちよっと意地悪でもあった。

「てめえ、今度俺を可愛いとか言ったら、プロシュットで殴るからな」

「死にますよ、それ」

「だから、殺すって言ってんだよ」

キッと睨まれれば、なかなか迫力があるのだが、怖くないのは本気じゃないのがわかっているからだろう。

「嫌ですか？　可愛いって言われるの」

「当たり前だ。おまえだって嫌だろ、可愛いとか言われたら」

「んー、言われないからわからないですけど、子供の頃はわりと嬉しかった記憶が」

もちろん梓に言われて、だが。

「俺はガキじゃねえんだよ。おまえより十も歳上なんだよ。嬉しいわけあるかっ」

千野は苛立ちも露《あらわ》に立ち上がる。手に食べ終えた食器を持って、流しの方へと歩いていく。

「それはすみませんでした。思っても口に出さないよう気をつけます」

「思うな！」

「えー、それは無理です。可愛いものは可愛いし……」

聡も立ち上がって、後片付けは自分が、と申し出る。

千野が手に持っていたスポンジを取り上げようと手を出すと、前屈《まえかが》みになっていた千野の上から覆い被さるような格好になった。その時、千野が顔を上げて、間近に目が合った。

「な、おまえ——」

千野がカーッと赤くなって、聡は「ん？」とその顔をじっと見つめる。

「お、俺は見下ろされるの嫌いなんだよ！　ちょっとでかいからって生意気なんだよ！」

流しにスポンジを投げつけて千野は去っていった。言いがかりとしかいいようがないが、怒りは湧いてこなかった。

「なんかわかんないけど、なんか可愛い」

よくわからない可愛さだ。小動物のようではない。女の子のようでもない。

「なんだろう……」

わからないけど、機嫌よくスポンジを手に取り、鼻歌混じりに食器を洗いはじめた。

四

「聡くんさ、最近機嫌がいいよね。バイトで忙しいって言いながら」

美紀にそう言われてドキッとする。

「いろいろ、料理とか教えてもらえるようになったから、かな」

「ふーん」

千野のところでアルバイトを始めて一ヶ月ちょっと。実際にはまだ料理なんて教えてもらってないが、見て覚えた料理はいくつかある。家で作ってみたが、千野のような味にはならなくて、でもそういう試行錯誤も楽しかった。

千野は口は悪いし人使いも荒いが、意外に優しい。たまに横暴でたまに理不尽で、たまに可愛い。なかなかうまくやれているように思う。

「今日はアルバイトお休みだよね？　遊びに行こ？」

「ん？　ああ、いいよ」

バイトが休みで残念だ、なんて言ったら美紀は怒るだろう。別れると言われるだろうか、と考えて、あまり焦りもしない自分がひどく不実に思えた。

美紀を悲しませたくないし、愛情も感じるのだが、これは恋とは違うような気がする。最近その違和感が徐々に大きくなっていた。

「聡くん、どうした？　疲れてるの？　帰る？」

帰ってほしくないという顔をしながらも、体を心配して気遣ってくれる。

「いや。そういえば、欲しい本があったんだ、付き合ってくれる？」

「うん、いいよ」

笑顔を見るとホッとした。

好きな人には笑っていてほしい。八方美人だとか罪作りだとか言われてしまうけど、自分を嫌いな人にまで好かれたいとは思わない。優しくしてくれる人には自分も優しくしたい、それだけなのだ。

美紀と一緒に書店に行き、本を物色しながらいろいろと話をする。

こういうなんでもない時間が好きだ。近づきすぎるとぎくしゃくしてくる。いつもそうだったから、長く付き合うためにはほどよい距離を保っていた方がいいのだろう。

書店を出たところで、前を横切っていった人間に目を奪われた。すごい美人だったというわけではなく、よく見知った顔だったのだ。

毎日のように見る顔は、あまり見たことのない大人びた笑みを浮かべていた。遊び人風の背の高い男と肩を並べて歩いていく。一瞬よく似た別人だろうかと思ったが、それは確かに千野だった。

「聡くん？　どうしたの？」

美紀が横から不思議そうに聡の顔を覗き込む。声が聞こえたのか、千野が振り返った。聡を見て、美紀を見て、フッと笑ったその表情はたまに千野が見せる、少し突き放したような笑顔だった。

その顔の前に男の腕が伸びて、千野の頭を抱き込むようにして引き寄せた。男は聡をチラッと一瞥《いちべつ》すると、そのまま千野を引きずるようにして歩き出した。千野は「やめろ」と文句を言ったが、それをいなす様子も手慣れていて、とても仲がよさそうに見えた。

「えー、なに？　ゲイのカップル？」

美紀の言葉にドキッとする。ゲイのカップルを見慣れすぎた自分だけが感じたことかと思ったのだが、そうではなかったらしい。

「友達だってするよ、あれくらいは」

なんとなく千野を擁護する。いや、ただ否定したかっただけかもしれない。そうそうゲイなんていてたまるか。しかも、千野が、なんて——。

美紀は千野だとは気づかなかったようで、そうね、と軽く流した。

それからは美紀の話が頭に入ってこなくなった。適当な相づちばかり打っていたら、また美紀に「やっぱり疲れてる？」と心配されてしまう。

「そうかも。ごめん、今日は帰るよ」

こんな上の空では美紀だって楽しくないだろう。

「うん、わかった。じゃあ今夜はいっぱい寝てね」

精一杯の笑みを浮かべる美紀が可愛くて申し訳なかった。

「ありがとう、美紀は優しいな」

こちらも精一杯の笑みを返せば、美紀は頬を染めて「そんなことないよー」と恥じらう。

とても可愛かったが、もっと一緒にいたいという気持ちにはなれなかった。

「じゃあ、また明日」

駅まで送って別れた途端に、頭の中は先ほどの千野の様子でいっぱいになった。

いったいなにがこんなに気になるのだろう……。

千野が男と仲よさそうに道を歩いていた、ただそれだけのことだ。なにも問題はない。もし……もしも千野がゲイだったとしても、自分は千野の料理の腕に惚れ込んでいるのであって、プライベートなことはどうでもいい。

そう思うのに――不快なのだ、どうしようもなく。

これは偏見なのだろうか。他人がゲイでも気にしないと思っていたのに、無意識下に差別意識はこびりついているのか。

偏見は他人が持っているもので、自分は差別される側の人間だと思っていた。自分に非はないのに親のせいでそうなってしまって、いろいろと辛い思いもしたから、自分は女性と結婚して世間に顔向けできる家庭を築く。そんなあたりまえのことが夢になった。

いろいろこじらせてしまって、もはやゲイ自体を嫌悪するようになっていたのか。それとも、千野を身内のように思っているから嫌なのか。

頭でいろいろ考えてみても、どうもしっくりこない。

もう一度思い返してみる。不快感の源は、千野が男に抱き寄せられた、あの一瞬にあった。ゲイがどうとか、そういう大きな括《くく》りではなく、もっとピンポイントで感情的なものだ。

千野が自分には見せない顔を見せていた、背の高い奴は嫌いだと言っていたくせに、引き寄せられてぴったり密着して、腕の中に収まっていた。その光景を思い出すと胸がムカムカする。イライラする。

千野だってさすがに、友達にまで自分を見下ろすなとは言わないだろう。友達ならふざけて抱き寄せるくらいのことはする。あれは友達だ……と思っても不快感は消えなかった。

自分も千野と友達のような関係になれたら、肩を並べて歩いたり、ふざけて抱き寄せたりできるのだろうか。

その光景を想像してみた途端、胸の奥でモヤモヤと渦巻いていたものが、急に鋭く尖《とが》って、内から激しく突いてきた。胸がキリッと痛んで、鼓動が一気に速くなる。

千野を抱き寄せたら怒るだろう。見下ろしても怒られる。赤くなって罵声を飛ばす千野を
さらに深く抱きしめたら……どうなるのだろう。

ドキドキドキドキ……いけないことをしている時のように気持ちが高揚した。

「ヤバイ、なんだこれ……」

千野を一番親しい友達にすり替えて想像してみる。まるでドキドキしないばかりか、昂《たか》ぶりがスーッと冷めた。

「なんだ、これ……」

なんてわかりやすい。まるで嘘《うそ》発見器だ。

まさか自分は千野を抱きしめたいというのか……？

しかし千野は男だ。可愛いけど男だ。尊敬する師匠であり、少々柄の悪い雇い主。女っぽいところなんてなにひとつない。つまり抱きしめたくなる要素はない。

千野は女ではないのだ。

自分が好きになるのは女だけだ。

父親と母親と子供。一緒にスーパーに買い物に行ってもおかしな目で見られることはない、ありふれた幸せな家庭。気兼ねなく両親を好きでいられる幸せな子供。

そんな幸せな未来の光景を想像してみても、心はまるで浮き立たない。憧れていたのに
……いや、今も憧れているのに……。

きっと想像が具体的でないせいだ。それとも本当に疲れているのか。

家に帰り着くとそのままベッドに倒れ込んだ。考えることを拒否して目を閉じれば、やっぱり疲れていたのか、眠りに逃げ込むのにあまり時間はかからなかった。


薄暗い部屋の中、ベッドに横たわっているのは白い裸体だった。

近づいて、それが美紀だとわかってホッとする。それならいい。これでいい。安堵したのもつかの間、ここからどうすればいいのかわからなくなる。

女性と寝るのが初めてというわけではないが、どういう流れでこうなったのかわからないのでは、どうするのが正解なのかもわからない。それに、美紀とは初めてなのだ。手を出すべきか引くべきか、躊躇する聡の腕を白い手が引いた。

誘われるまま体を重ねれば、いつの間にか自分も全裸だった。肌が触れ合うと躊躇や戸惑いは急速にしぼみ、積極的な気分になる。

「聡くん……」

可愛らしく誘う声。伏せ気味の瞼《まぶた》、少し開いた唇。常にない色っぽい表情。胸板に美紀の指が触れると、ズクッと股間《こかん》が脈打った。

気持ちよくしてあげよう。気持ちよくなりたい。柔らかい頬を撫で、唇を近づけていく。もう少しで触れる、というところで――。

「下僕。なんのマネだ」

低い声にハッと顔を離せば、千野が冷たい目で自分を見上げていた。組み敷いていた丸みのある柔らかい体も、硬くて張りのある男の体に変わっている。

「千野、さん……」

驚いてマジマジと見つめる。ムッと不機嫌そうな顔。しかし、いつもコックコートに隠れている首筋は無防備に晒《さら》され、抵抗する素振りもなかった。思わず生唾《なまつば》を呑み込み、二の腕に手を伸ばす。滑《なめ》らかな手触りだが、しっかりしまった筋肉は確実に女性のものではなかった。それなのに、萎《な》えるどころかいきり立つ。我慢できずに唇を合わせようと顔を近づけた。

「やっぱり、ホモの子供はホモなんだな」

声が聞こえてヒュッと息を呑んだ。聞き覚えのある、聞きたくなかった声。もう忘れたつもりだったのに、一瞬で嫌な記憶がよみがえってきた。

「違う。俺は違う。女の子を抱こうとしたのに、なぜかすり替わってて……」

どこから聞こえたのかもわからない声に、焦って言い訳する。

「すり替わっても、しようとしたよね？」

「それは……」

「おまえもそうなんだよ、結局。ホモはうつるんだよ」

「違う、違う！　俺は普通に結婚して、普通の家庭を作るんだ」

中学生に戻って必死になって言い返していた。

「聡……違うのか？」

千野の声がして、ハッと下を見る。しかし、体の下にあったはずの姿は消えていた。

「ち、千野さん⁉」

焦って周囲を見回したところで、目が覚めた。

クリーム色の天井と丸いシーリングライト。電気は点《つ》けっぱなしだった。やっと見慣れてきた天井をボーッと見上げながら、心臓だけが夢の中を引きずっていた。

鼓動が速い。

なんて夢だ――。

夢には願望が現れるというけれど、それならいったいどれが自分の願望だったのだろう。

美紀を抱こうとして、千野を抱こうとして、自分は普通に結婚するんだと主張する。

夢とはいえ最悪だ。最悪の男だ。

……なに普通に抱こうとしてんだよ……。

まだ千野の姿が脳裏にちらついている。男を抱くなんてありえない、自分にそっちの気はないと自信を持っていたのに、一気に揺らいだ。

眠りに逃げ込んで、さらに追い込まれてしまった。夢さえ優しくない。甘くない。ただ普通でありたいだけなのに。大多数の人があたりまえのようにやっていることが、なぜ自分にはこんなに遠い……。

聡は溜息をついて、もそもそとベッドを抜け出した。体も心も重いが、もう寝たくない。こういう時は料理だ。キッチンに立てば元気が出る。しかし、食材を確認するとまた溜息が漏れた。最近あまり家で料理をしていなかったので、いろいろ足りない。手の込んだ料理を作りたい気分なのだけど、外はまだ暗くて開いているのはコンビニくらいのものだろう。

「あ、そうだ……」

乾き物を突っ込んでいた棚を漁《あさ》り、目当てのものを取り出す。デュラムセモリナ粉はあの店でバイトを始めた頃に、家で生パスタを作ろうと買っておいたのだ。

千野が作っているのを見て真似しよう、よしんば作り方を教えてもらおう、などと夢見ていた自分は可愛かった。厨房にもなかなか入れてもらえない日々の中で、そんなことを考えていたことすらすっかり忘れていた。

千野が生パスタを作っているところはまだ見ていない。聡がバイトに入る時間には、そういう準備はもう完璧にできている。

しかし、余るとまかないで食べさせてくれたりするので味は知っている。もちっとしてぷりっとして、とても美味しい。絡めるソースも絶品で、とにかく千野の味にベタ惚れだということは、聡も否定する気はなかった。

ボウルに粉を入れ、真ん中にくぼみを作って、卵、オリーブオイル、塩を入れる。粉を崩しながら混ぜ合わせていき、ボソボソでパラパラ状態になったものを、とにかくこねる。しっかりこねる。これでもかとこねていると無心になれた。

しかし、寝かせるためにラップに包んで冷蔵庫に入れると、途端に暇になる。

生パスタは家でもたまに作っていた。子供の頃は、黒崎と一緒に作った料理を梓に食べてもらうのが、聡の一番楽しくて幸せな時間だった。

その頃を思い出し、聡は財布を手に外に出た。夜明けの静寂の中、煌々《こうこう》と明かりの灯るコンビニエンスストアへと向かう。冷蔵庫の中にはベーコンがあった。卵もチーズもある。生クリームがあればカルボナーラが作れるが、聡は牛乳を買って店を出た。

以前、カルボナーラが食べたくなった時に生クリームがなく、試しに牛乳で作ってみたら、こっちの方がさっぱりしていて好きだと梓が言った。それから聡が作るカルボナーラはこちらが主流になった。

好きな人が美味しいと言ってくれたら、正しいとか正しくないとかそんなことは関係ない。

聡の記憶には、母の手料理も父母が揃《そろ》った食卓もないけれど、梓と黒崎との温かで優しい食卓の記憶がある。

黒崎には料理を教わった。梓を喜ばせたいから美味しいものを作るという共通項が、同志でありライバルでもあるような不思議な絆《きずな》を生んだ。梓は自分を保護してくれる人であり、保護したい人。普通の関係ではなくても、二人は聡にとってかけがえのない大切な家族だ。

本当は、本当に大事なものがなんなのか、たぶんわかっている。

だけどそれだけを大事にすることがなぜか難しい。

黒崎のことも梓のことも好きなのに、二人が仲よくしていても心から喜んでやれない。

黒崎に梓を取られるようで悔しいという段階は、かなり前に過ぎた。同性愛を全否定する気もない。問題なのは本人たちより周囲からの雑音だ。過去のいろいろが聡の心を屈折させ、単純なことを複雑にしていた。

鬱屈した暗い感情は心の底に澱《おり》のように溜まり、深呼吸しても息苦しさから逃れることができない。

これをきれいに晴らすためには、自分が結婚するしかない——と、思っている。

「子供は、欲しいんだ……」

そう思うのは梓が自分を可愛がってくれたからだろう。でも、自分の未来を想像しても、子供と一緒に奥さんの姿が描けないのは、両親のせいだと思わずにいられない。

そんな感情も実際に奥さんをもらえば消える。誰にでも自慢できる幸せな家庭を手に入れたら、心の澱もすっきり流れてしまうはずだ。そうしたら、梓たちのことも心から祝福できるだろう。

だから早く結婚したい。

今のところ、奥さんの第一候補は美紀ということになるが、今ひとつピンと来なかった。まだ十九歳だから当然なのか……。千野の顔がちらつくのには気づかないふりをする。

部屋に戻るとカルボナーラの準備に取りかかった。といっても、ベーコンを切るくらいしかすることはない。

寝かせていた生地を取り出して、麺棒《めんぼう》でひたすら薄くのばす。パスタマシンはないので、包丁で自分の好きな幅にさくさくと切る。

キッチンはワンルームマンションにしては立派だった。コンロは三ツ口あるし、作業台も広い。キッチンに一目惚れしてここに決めたようなものだ。寝る場所が少々狭くても、駅まで多少歩こうと気にならない。狭いと言っても六畳はあるし、大きなクローゼットも付いているのだから、文句を言っては罰《ばち》が当たる。

鍋に湯を沸かして、薄くて平らな麺をゆでる。生麺のゆであがりは早い。牛乳や卵などの材料を混ぜ、フライパンでベーコンを炒めていると、麺はゆであがる。それらを合わせて軽くフライパンを振ればもうできあがりだ。熱が入りすぎないようにすぐに皿に移し、ブラックペッパーを多めに振りかける。

美味しそうな料理ができると、誰かに食べさせたいと思う。梓に、黒崎に、そして千野に……。きっとボロクソに言われるんだろうなと思うけれど、それも楽しい。

口に含むといつもの味がした。さらりとしたカルボナーラ。しかし生麺だからいつもより歯ごたえがもっちりしている。

それなりに美味しいのだが、千野のものには遠く及ばない。いつか教えてもらえる日がくるだろうか。

もちもちを噛みしめながら、分かち合う人のいない寂しさを感じる。

梓が編集の仕事に復帰してからはひとりで食事をすることも増えたが、あまり寂しさは感じなかった。それは自分がもう大人だからだと思っていたが、あの家にいたから、だったのかもしれない。人がいなくても温《ぬく》もりを感じられたし、必ず帰ってくるという安心感もあった。

母がいないことを不満に思ったことはあまりなかったように思う。離婚の原因が母の浮気だということは、聞いた覚えもないのになんとなく知っていた。「ごめんね、ごめんね」と泣いていた母をうっすら覚えている。それでも特に恨む気にならないのは、別れた時に幼かったせいと、梓が恨み言をまったく言わなかったからだろう。

母のことに限らず、梓がなにかを人のせいにするのは聞いたことがない。自分を責めているところはよく見たけれど。

そんな梓を一番落ち込ませたのは他ならぬ自分かもしれない。

小学生の時から自分の家族構成がおかしいことには気づいていた。周囲の声によって気づかされたといった方がいいかもしれない。それでも、梓と黒崎はとても仲のいい友達なのだと信じていた。

しかしだんだんと違和感は大きくなり、聡がそのことについてはっきり言及したのは中学校一年生の時だった。

梓は神妙な顔で聡をソファに座らせ、その向かいに自分も黒崎と並んで腰かけた。おまえに嘘はつきたくないからと前置きして、梓は言った。

「俺は黒崎のことを愛している。好きなんだ。だから一緒にいる」

言われる前からそう言われることはなんとなく予想していた。しかし愕然《がくぜん》とした。嘘でもいいから違うと言ってくれることを期待していたのかもしれない。

「そんなのおかしいよ、変だよ。男同士じゃん……気持ち悪い」

それは友人たちからの受け売りだった。ゲイに対するごく一般的な反応。でもそれを聡が口にした途端、梓は世界が終わったような顔をした。

一瞬で後悔した。言ってはならないことを言ったと思った。傷つけてはならない人を傷つけた。わかったけれど謝れなかった。

梓の隣で黒崎は無言だったが、スッと目を細めて聡を見た。いつも穏やかな黒崎の殺気すら感じさせる顔を初めて見た。本気で肝が冷えた。

「うん、ごめん。聡……ごめんな。本当……ごめん」

謝ることしかしない梓を見て、母親を思い出した。

「好きになったらなにしてもいいの？　子供を捨ててもいいし、男同士でも許されるの？」

心のどこかでやめろという声がしていたが、ぶつけずにはいられなかった。

「捨てる？　なにを言って……。おまえの母親のことなら、捨てたんじゃないぞ。俺がどうしてもって言っておまえを引き取ったんだ。その後で黒崎のこと好きになって、おまえのために別れることも考えたけど、一緒にいる方がいいと思った。……でもそれは俺の弱さだったかもしれない。だから、おまえがどうしても嫌だって言うなら、俺はおまえと一緒にここを出る。今すぐにでも」

梓は真《ま》っ直《す》ぐに聡の目を見て言った。黒崎の方は見ない。黒崎は眉《まゆ》を寄せて腕を組んでじっと座っていた。

「友達が……おまえの父さんおかまなんだろって言うんだ。僕は違うって言ってたけど、違ってなかったってこと？　じゃあ僕はこれからどうしたらいいの？　違うって言ってもいいの？　嘘をついてもいいの？」

悔しくて悲しくて感情がぐるぐるに渦巻いて、それを全部梓にぶつける。責める権利が自分にはあると思った。梓と黒崎は責められても仕方ないことをしているのだと――。

「梓はおかまなんかじゃない！　そんなこと言う奴は相手にするな。おまえだけは梓にそんなこと言わないでくれ、聡」

黒崎の恫喝《どうかつ》に心がキュッとすくみ上がり、苦しげな顔に罪悪感が煽《あお》られる。なぜ自分が責められなきゃならないのか。なぜこんな気持ちにさせられるのか。追い詰められて、感情が爆発する。

「うるさいうるさい！　僕は悪くない……こんなの変じゃないか！　こんなの嫌だ。僕は普通がいい、パパとママがいる普通がいい！」

今まで溜め込んでいたものもヒステリックにぶつけ、逃げるように家を飛び出した。

怖かったのだ。黒崎のことも、自分が傷つけた梓の顔を見ることも——。

走って走って、でも行くところなんてなかった。友達の家では今頃きっと一家団欒《だんらん》だ。片親の子もいるけれど、今の自分の気持ちがわかる奴なんていない。

夜でも明るい繁華街をうろうろと歩き回る。

ひどいことを言った。でも自分は間違っていない。ものすごく傷つけた、怒らせた。でもこっちだって傷ついたし怒ってる。思考もぐるぐると迷路をさまよう。

しかし、時間が経てば沸いた頭も冷えてきて、感情的だった思考も理性的に回り始めた。

自分はいったいどうすればいいのか。二人のことを詰って否定しても、現実が変わるわけじゃない。知らなかっただけで今までもそうだったのだ。裏切られたという気持ちはあるけど、言えなかった気持ちもわかる。わかるからどうしていいのかわからない。

ひとつだけ確かなのは、自分の帰る場所はひとつだけだということ。そして、自分には帰る家があるということ。

とぼとぼと歩いて夜明け前。門扉の脇に立つ背の高いヤマボウシの木には今年も白い花が咲いている。白と黒の家の外観を見ると反射的にホッとする自分がいた。

それでも重苦しい気持ちで玄関を入り、こっそり自分の部屋に戻った。

憔悴《しょうすい》しているであろう梓の顔を見たくなかったし、黒崎はまだ怒っているかもしれない。でも謝りたくない。ちょっとしたきっかけでまたひどいことを言ってしまいそうな気がする。

部屋にやってきたのは、梓ではなく黒崎だった。怒っているのかもしれないが、表面上は穏やかだった。

「おまえが成人するまで俺と会わないそうだ」

「え？　……あ、そう」

驚いた。内心焦ったけど、成人したら会うのかと、自分は邪魔なのかと、また攻撃的な気持ちが頭をもたげてくる。

「梓がそうしたいなら俺は待つだけだ。でも、頼むから梓を泣かせないでくれ」

「そんなの、僕のせいなの？」

「いや。いつかこういう日が来るのは覚悟してた。誰のせいっていうなら俺のせいだな。それでも俺は言う。梓を泣かせないでくれ」

「……お父さん、泣いてるの？」

「ああ。おまえに本当のことを言ったことを後悔してた」

「なにそれ？　嘘をつけばよかったってこと？　そしたら僕を騙《だま》して一緒にいられたのにって？」

「違う。そうじゃない。おまえが言っただろ、友達に嘘をついてもいいのかって。それがショックだったんだ。真実を知ったおまえが、俺たちの関係を訊かれて、ただの友達だと答えれば嘘をついたことになってしまう。おまえに嘘をつかせるくらいなら、自分が嘘をつけばよかった、つき通せばよかったんだと後悔してた。梓はいつだっておまえが一番大事なんだ。俺より、自分よりも」

「そんなこと……」

当たり前だと言ってしまえるほど子供ではなかった。なにも言えず、口を引き結んでじっと黒崎を睨みつける。黒崎はそれをなんなく受け止めた。

「おまえに嘘をつかせたくなかったら、俺と別れるしかないだろう。梓はクソ真面目だし、おまえも真っ直ぐで……そういうところが好きだから改めろと言う気はないが。世の中渡っていくには、嘘をつくのも策を巡《めぐ》らすのも当たり前のことだと俺は思う。特におかまとかそういう、人を貶《おとし》めるための言葉を使う馬鹿に、本当のことなんか教えてやる必要はない。もっと図太くならないと大事なものは護れないぞ」

すっかり腹を決めているという顔が癇《かん》に障《さわ》った。

「黒崎さんは護れてるの？」

意地の悪いことを問いかける。

「護るさ。なにがなんでも。たとえ離れていても。おまえはどうするんだ？　誰のために、なにと闘う？」

聡の挑発など意に介さず、黒崎は揺るがない覚悟を見せ、逆に聡に問いかけた。

黒崎は梓のために世間のすべてと闘うつもりなのだろう。

自分はなにを護り、なにと闘うか……。そんなふうに考えたことはなかった。考えるわけがない。自分はまだ子供なのだ、誰かを護るなんてできるわけがない。

「知らない」

そんな逃げを打つ。

「おまえがなにかと闘う時、一番の味方になってくれるのは梓だぞ。たとえ梓と闘うのでもな。おまえが大人になって、護りたい特別な誰かが現れるまではずっとそうだろう。それはそれでいいと思ってるが、俺はおまえが早く大人になることを祈ってるよ」

黒崎は言いたいことだけ言って最後にニヤリと笑い、返事を要求することも、もちろん謝ることもなく戻っていった。梓の元に。

翌朝、すでに梓は荷物をまとめていたが、赤い目をして「さあ行こうか」などと微笑《ほほえ》まれても、そうしようという気にはとてもなれなかった。

弱った様子を見れば、護らなくては、と思う。まんまと黒崎の思惑にはまっていた。

「おまえのために別れたなんて言われたくないし。別に認めたわけじゃないけど……引っ越しは面倒くさいし」

このままでいいと素直に言えなくて、そんな言い訳めいた言い方になったが、梓は「ありがとう」と笑ってくれた。そしてもう一度「ごめん」と謝られた。

「しょうがないよ。好きなものは好きで。嫌いにはなれないよ……」

梓の気持ちを言ったわけではなく、自分の気持ちだった。責めたり非難したりすることはできても、それで嫌いになることはできない。二人の関係を受け入れられなくても、なにを護り、なにと闘うかははっきりしている。

梓にぎゅっと抱きしめられ、一瞬心が幼い頃に戻った。嫌いになんてなれるはずがなかった。

しかし、この日から心に負い目という陰を抱え込んだ。大きな声で人に言えない隠しごとを持つのは初めてで、すごく悪いことをしている気分になった。

聡は溜息をついて、カルボナーラを食べ終えた皿を持って立ち上がった。流しで皿を洗いながら、また溜息をつく。嫌な思い出は、芋《いも》づる式にさらに嫌な思い出を連れてきた。

衝撃の告白から一年ほどは何事もなく過ぎたのだ。中学も二年に進級し、親友と呼べる仲のいい友達もできて、心の陰は少しずつ薄れていた。

が、人生はそんなに甘くなかった。

人の噂も七十五日というが、鎮まってもまた起きる。火種がなくならないので煙は何度でも立ちのぼる。こちらを見ながらひそひそと話しクスクスと笑う。反応はいつも判で押したように同じだ。直接なにか言われない限りは無視、言われても関係ないと突き放すと決めていた。

しかしそれは、馬鹿にしたくてウズウズしているような奴らへの対応だ。親友には隠し事をしたくなかったから、真実を打ち明けた。味方になってくれると信じていた。でもその信頼が自分を地獄へと突き落とすことになった。

朝、学校に行ったら世界が変わっているなんて、そんなドラマみたいなことが本当にあるとは思ってもみなかった。

昨日までの親友が、その他大勢と同じ馬鹿にしたような目で自分を見ていた。

「男同士なんて気持ち悪いよな、マジで」

耳を疑った。

「明智《あけち》？」

「おまえが言ったんだぜ、気持ち悪いだろって。俺もそう思うよ。おまえの親父、気持ち悪《わり》いよ」

「な、それは……おまえがそう思うかと思って言ったんだ。でもおまえは別にって言ってくれたじゃないか。いいんじゃねえのって」

「そう言うしかねえだろ。でもやっぱ想像してみたらキモくてダメだった。ホモはねえわ」

信じられなくてマジマジと見つめたら、明智は目を逸らした。切り捨てられたのだとわかった。裏切られたショックはあまりにも大きく、怒ることすら忘れてしまった。

他の誰かなら、こちらからあっさり切り捨てることができただろう。でも明智は一番気心の知れた親友だった。二人でいつもクラスの中心にいて、笑っていた。

それからも明智は友達に囲まれていたが、聡は孤立した。聡に味方をする奴はゲイに違いないと明智が言ったからだ。十四、五歳の多感な時期にゲイだと思われたい奴なんているわけがない。

結果、聡の周りには一握りの女子がいるだけになった。本当に暗黒の時代だった。

それから明智とは口も聞かないまま。卒業式の日に一瞬呼び止められたが、話す気になれなくてスルーした。明智は謝りたかったのかもしれない。そういう顔だった。しかし、謝り以外の言葉が出てくる可能性を否定できなかった。信じられるわけがない。

あの時話をしておけば、こんなにも長く引きずることはなかったのだろうか。

高校は明智とは別になり、わりと普通に過ごせたのだが、若干人間不信だったかもしれな

い。友達はいたが、深い付き合いはしなかった。

すべての元凶が梓たちの関係にある、と思ってしまうのは、被害妄想的な言いがかりではないはずだ。しかしもう誰かに責任を求める気はない。

自分が女性と結婚して、誰憚《はばか》ることない家庭を築けばすべてが払拭《ふっしょく》されるはずなのだ。

しかし、寝不足のまま学校に行って、美紀と顔を合わせた途端に自己嫌悪に襲われた。

変な夢を見た上に、結婚相手としてはピンと来ないなんてことを考えて、申し訳なくて表情が曇った聡を美紀はまた心配してくれた。

自分が最悪の人間になった気がした。

きっと別れた方がいいのだろう。その方が美紀のためだ。

でも傷つけたくない。目先の感情が邪魔をする。

誰も傷つけたくなかった。しかしそれは翻って、自分が傷つきたくない、ということでもある。誰にでも優しいのも、結局はそういう臆病さから来ているのかもしれない。

でも簡単には割り切れない。人を傷つけても平気な人間には、絶対になりたくなかった。

鬱々《うつうつ》とした気分で授業を受け、バイトに行くのはさらに気が重かった。

あんな夢は気の迷いだ、願望なんかじゃないと自分に言い聞かせたが、千野の顔を見た途端に心臓が走り出した。

千野は基本的に挨拶してもうなずく程度で、聡が入ってきても目も合わせない。それが今日はありがたかった。

「おいこら、掃除もまだまともにできねえのか？　窓に手垢《てあか》残ってんぞ」

黙々と窓を磨いていると、背後から声がしてビクッとする。

「手垢？　そんなはずは……」

指さされたところを見れば確かに、庭に面した掃き出し窓の隅に小さな指の跡があった。子供のもので、今つけたわけでないのは明らかだった。

「すみません……」

千野は姑《しゅうとめ》のように重箱の隅をつつくところはあるが、ミスをねつ造するような人間ではない。ほんの一瞬でも疑ったことを申し訳なく思う。

千野は横暴だが嘘はつかない。信用に足る男だと思うのに信じ切れないのは過去のせいなのかもしれない。

しかし、過去を言い訳にして今を見誤るなんて馬鹿げている。

「千野さん、昨日一緒にいた人って、お友達ですか？」

正面から訊いてみた。千野は少し驚いた顔をしたが答えてくれた。

「あれは……ダチだ。高校ん時の」

「へえ、そうですか」

友達と聞いてホッとした自分に戸惑い、どうでもいいことだったかのような気のない相づちを打った。

「んだよ、ダチで悪いかよ。自分が女といちゃいちゃしてたからって、いい気になってんじゃねえぞ」

「別に悪いなんて一言も言ってませんよ。なんか僻んでます？」

「ああ⁉　てめえ、今日は仕込み手伝わせてやろうかと思ったけど、草むしりだな。外でじめじめ蒸されてきやがれ」

「ええー⁉　そりゃないっしょ……」

なぜか千野には余計な一言を言ってしまう。怒った千野を見てから、自分がわざと怒らせるようなことを言ったのだと気づく。いじめたくなってしまうのは、すぐ怒る子供っぽい反応が楽しいからだろう。しかし、だいたい返り討ちにあう。

「さっさと行け。軍手は……」

「あります。マイ軍手……」

草むしりはかなりスタンダードな報復だった。だから庭はとてもきれいだ。

でも千野はたぶん懐《ふところ》は広い。口が悪いのも、気性が荒いというより、照れ隠しの部分が大きいように感じる。

人を見る目は割とあるつもりなのだが、一度の大外れで自信は打ち砕かれた。信じた人に裏切られるのは、本当に世界が終わったかのような絶望的な気分になるものだ。

親友で、すごくいい奴で、確かに好かれていると思っていた。しかし、自惚《うぬぼ》れだった。

自然に人と距離を置くようになって、近づいてこられるとなんとなく引いてしまうのに、なぜか千野には最初から前のめりだった。

聡の構えを崩したのは千野の料理だ。その味でいとも簡単に聡の中に入ってきた。そして今は料理よりも千野に会いたくてここに来ている。ちょっかいを出すのは癖になるくらい楽しい。

アルバイトを始めて一ヶ月が過ぎ、もうほとんどのメニューは千野に聞かなくても説明できるようになった。イタリア語の単語もかなり覚えたが、一番多く使っているのは間違いなく「Ｓｉ」だ。

「バイト、セモリナ粉運んでこい！　返事は⁉」

「Ｓｉ」

仕事中の返事はそれ以外に認められていない。

「男のバイトのいいところは遠慮なくこき使えるところだな」

「まあ、おばさんには言えませんよね。十キロの袋を運べとか」

「意外に軽々と運んだりするけどな。命令すんのは無理だな」

店は夜だけの営業だし、流行《はや》っているとも言い難いので二人でもやっていける。学校が休みの日は早く来て、仕入れや仕込みも手伝うようになった。熱心に学ぶ姿勢を見せれば、千野は面倒くさそうにでもいろいろと教えてくれる。

味はいいのに流行っていないのは、やはり立地が問題なのだろう。それにこの店はまったく宣伝というものをしていない。

「千野さんは店を繁盛させようって気があるんですか？」

「……ねえな。俺の料理を気に入った人が来てくれて、潰《つぶ》れずにやっていければそれでいい。今くらいでなんとかなる。来ても入れないとか、断るとかしたくないんだ」

「でも俺はもっと自慢したいです。すごく美味しいし。もっとたくさんの人に認めてもらいたい」

声を大にして、いいものはいいんだと自慢したい。それに関する欲求不満は子供の頃から溜まっている。

「くだらねえな。自慢とか、たくさんの人とかどうでもいい。俺は飯を作ってるだけだ。それを食った人が美味いって笑う、価値があるのはそれだけだ」

ばっさり切り捨てられた。

「名声欲とかないんですか？　儲《もう》けたい、とか」

「あったら料理人なんかやってねえよ。俺が目指してんのは町の小さな食堂のオヤジだ」

「洒落た食堂ですね」

店を見回して思う。ここは聡の持つ食堂のイメージとはかなり違う。

「日本人には洒落て見えるだろうが、イタリアじゃこれは普通だ」

「へえ。そんなにイタリアってよかったですか？」

「ああ。俺は二十歳《はたち》の時に行って……そんなに長居する気はなかったけど、結局五年いたからな」

「それってイタリア料理の修業に？」

「結果的にはそうなったが、ただ明るいとこに行きたかっただけだ。やなことをパーッと忘れられそうなところ。カリブとかグアムとかじゃなくてイタリアにしたのは、イタリア料理が好きだったからだけど、修業目的で行ったわけじゃない」

「海外に行かなきゃ忘れられないようなやなことって、なんですか？　もしかして、失恋とか？」

軽い気持ちで意地悪な質問を投げかけた。怒る千野の顔がまた見られると思ったのだが。

「うっせーよ。おまえに関係ない」

千野は急に硬い表情になって、背を向けて行ってしまった。

「図星か……」

恋人と別れてやけになって海外まで行ったのか。それはかなりの大失恋だったのだろう。

二十歳といえば今の自分とそう変わらない歳の頃だ。もし今、美紀にふられたとして、自分はどれくらい傷つくだろうと考える。たぶん申し訳なさと安堵を覚えるだけだ。

忘れるために海外に行こうだなんて、千野はいったいどんな人とどんな恋愛をしていたのだろう。

恋の重さというのは人によって違うのか。それとも誰がしたって本当の恋なら重いのだろうか。

「俺は軽い恋しかできないのかな……」

人にのめり込めるような気がしない。母親に捨てられ、親友に裏切られ、大事な人は去っていくという刷り込みが頭のどこかにあって、人づきあいには慎重だった。

しかし、恐ろしく一途な男が身近にいることを思い出し、少しホッとする。

いずれにせよ、結婚は遠そうだった。

五

「俺、このスープ好きです。マッコって、エンドウ豆なんですよね。エンドウ豆はあんまり好きじゃないけど、これはすんごい美味しいです」

日曜日の遅いお昼。窓の外では、午後の日差しが庭の緑に反射してキラキラしている。最初にこの店に来た時に出してくれたマッコスープを、千野がまかないで作ってくれた。千野と差し向かいで食べながら、幸せを味わう。

「シチリアの家庭料理だけど、ちょっと俺好みにアレンジしてある。俺もエンドウ豆はあんまり……だったから、おまえは俺と味覚が似てるのかもな」

千野が普通に穏やかに笑うとドキッとする。いつもどこか皮肉げだったり俺様だったりする笑みが多いせいだろう。特に料理を褒めた時に浮かべる笑顔はいい。似てるという言葉も嬉しかった。

「じゃあ俺、千野さんのいい助手になれますね」

「助手？　募集してねえよ。俺はひとりでやってくつもりだし、おまえだって自分の店持ちたいんだろ？」

「まあ行くは。でも、ここにいる間はいい助手になれるよう頑張りますよ」

「……ここにいる間、な。まあ、それもいらねえけど」

千野の顔が寂しそうに見えたのは気のせいだろうか。

「もしかして、ずっといてほしいですか？」

否定されるのはわかってて、からかってみる。

「はあ？　ふざっけんな。んなわけねえだろ」

予想通りの反応が返ってきた。千野がずっといてくれなんて言うわけがないし、言われても困る。たぶんすごく困ってしまう。

「ずっといてくれって言いたくなるくらい頑張りますよ」

「頑張る頑張るって、おまえは本当真面目だよな。なんか、育ちがいいっていうか」

「俺は別に、いいとこの子ではないですよ」

「あー、育ちっていうのは、上流階級とかそういうんじゃなくて、ちゃんと手をかけて育ててもらってるっていうか、いい両親だったんだろうなってことだ」

どこか突き放したような言い方は、自分とは違って、と言ってるように聞こえた。

「母親は俺が五歳の時に男作って出て行きましたけど？」

「え、そうなのか？　外れた？　じゃあお父さんがすっげえ頑張ったのかな」

「確かに父は頑張って育ててくれました」

感謝している。だから自分を通して父を褒められるのはとても嬉しい。

本当はもっと自慢したいのだけど、負い目があるせいで口が重くなる。

「お父さん、独り身なのか？」

「え、いや……独身だけど独りではないというかなんというか」

そういうことを訊かれると困るから話したくないのだ。

「恋人がいるのか、そりゃ残念」

「え、残念って……」

どういうことか問いかけようとしたところで電話が鳴った。立ち上がろうとした聡を「俺が出る」と制して千野が席を立ち、そのまま聡は取り残された。

——残念ってどういうことだ……？

アルバイトの父親に恋人がいて残念な理由……わからない。だからもう一度訊いてみようとしたのだが、千野は厨房から、

「ちょっと出てくるから、おまえタマネギ全部むいてろ」

と言い放って出ていってしまった。食べ終えた二人分の食器を手に厨房に入れば、作業台の上にはタマネギが山のように積まれていた。

「ま、厨房の仕事を手伝わせてもらえるだけヨシ、だよな」

言われたことは完璧《かんぺき》以上にやり遂げる。黙々とタマネギと向き合っているうちに、わけのわからない疑問は消えていた。

一時間ほどで帰ってきた千野は、みじん切りにされたタマネギをじっと見つめる。

「誰がみじん切りしろって言ったよ。違う切り方だったらどうすんだ、ああ？」

「メニュー見て、少なくともこれくらいはみじん切りかと」

今日のメニューはもう作ってあって、作業台の上に置いてあったから、気を利かせろということかと思ったのだが違ったらしい。

「俺の料理に手を貸そうなんて百年早いってんだよ。これは……まあもったいないから使ってやる」

千野はバットの上に盛ったみじん切りを片手にとって確認し、そう言った。

どうやら合格点をもらえたらしい。千野は気に入らなかったら絶対に使わない。たぶんそういう人だ。

「なにニヤニヤしてんだよ。もったいないからっつっただろ⁉　掃除してこい」

「終わってます。なにをしましょう？」

「……ピーマン、みじん切り」

「Sì」

顔がにやける。やることが気に入らなくても評価は正当に下す。簡単なようでなかなかできないことだ。

初めて厨房で千野と一緒に調理に関する作業ができた。みじん切りに励みながら、時折千野の鮮やかな手つきに見惚《みと》れる。がさつそうに見えるのに、その所作は流れるようにきれいだった。指も細く長く、美しい。

「ピーマンが終わったらパンチェッタだ」

「Sì」

夕方になって店が開き、今日も客の入りはぼちぼちだった。とてもいいわけではないが、閑古鳥《かんこどり》というほどでもない。常に空席が一、二席はあるという感じ。

客層は若い女性が一番多いが、家族連れもいるし、男の人が一人でやってきたりもする。

今日は自分も調理を手伝ったという意識のせいか、料理を提供するのがいつにも増して楽しく、美味しかったと言われると心から嬉しかった。食材を切っただけなのだが。

閉店間際になって男性客が一人やってきた。

背が高く、目元の涼やかな男前。歳は三十くらいだろう。高級そうなスーツをピシッと着こなし、髪型もきっちり固めて、隙《すき》のないエリートビジネスマンという感じだ。店内を見回す様子から、初めての客だろうと推測する。少なくとも聡は見たことのない客だった。

「いらっしゃいませ。こちらメニューです。決まりましたらお呼びください」

笑顔でメニューを広げて渡す。その際、斜めに見られた視線に、感じ悪いな、と思ってしまった。もちろん顔には出さなかったつもりだが、フンッと鼻で笑われた。

ものすごく感じが悪い。いや、たまたま虫の居所が悪いだけという可能性もある。こういう人こそ千野の料理を食べてほしい。

注文は一番高いコース料理だった。

千野渾身《こんしん》のアンティパストは、タマネギ、焼きナス、レモンなどをオリーブオイルであえたもの。パプリカの赤とオリーブの緑で美しく飾り付けられているが、繊細というよりは豪快な印象が強い。

その皿を見て、男は笑った。クスッと思い出し笑いのように。

「変わってないな」

呟いて厨房へと目を向けた。千野の姿は窓の向こうにちらちらと見えるだけ。男はアンティパストを口に運び、聡を呼んだ。

「追加オーダーをお願いしたい」

「はい。なににいたしましょう?」

「緑のオムレツを」

「緑? あの、すみません、そういうメニューはないんですが」

聞いたこともなくて困惑する。なんでオムレツが緑なのか。

「いいから、シェフにお願いしてみて」

男は思わせぶりに笑う。

「かしこまりました」

仕方なく千野にそのオーダーを伝えた。

「緑……」

千野は表情を強張《こわば》らせ、客席へと鋭い視線を走らせる。こちらを見ていた男と目が合った途端、ものすごく険しい顔になり、目を逸らした。

「作れない。そう言って」

かすれた声でそれだけ言うと、千野は調理に戻った。聡は困惑しながら千野の言葉を男に伝える。

「そう、それは残念」

男は笑い、それからすべての料理をきれいに平らげて帰って行った。

「お知り合いですか？」

閉店後、訊《たず》ねた。千野は訊いてほしくなさそうだったけど、訊かないのも不自然だろう。

「ああ……昔のな。今はなにも関係ない奴だ。もう今日は帰っていいぞ」

千野も仕方ないというふうに答えた。硬い表情で視線を落としたまま。もう関係はなくても、昔の関係は深かったのであろうと思わせる。

「え、でも後片付けが……」

「いい。全部俺がやる。帰っていい」

千野は頑《かたく》なに言って、厨房に入ろうとした聡を追い払おうとする。

「いや、でも……」

「いいから！」

後ずさった瞬間、バランスを崩した千野は、とっさに脇にあったパスタボイラーに手を突いた。小指が熱湯の中に入る。

「熱っ！」

「ち、千野さんっ⁉」

聡は慌てて駆け寄り、手を上げた千野の体を横からさらうようにして、シンクの前に移動させた。手を摑んで流水の下に突っ込む。

「痛いですか？」

赤い小指を見ながら背後から問いかける。千野はされるまま逆らわずじっとしていた。

「手慣れてるな」

「うちの父親、よく火傷《やけど》してましたから」

「へえ。……優しいよな、おまえは。俺、前に……ずっと前に、あいつの前で料理してて火傷したことあったんだけど……」

「あいつって、さっきのあの人ですか？」

「そう。あいつさ、笑ったんだよ。座ったまま動きもしないで、馬鹿じゃねえの？　って」

「……それは……」

なかなか最低な男だが、そう言ってもいいものかどうか。

「本当、俺は馬鹿だった……馬鹿だったんだよ……」

斜め上から千野の表情を窺うと、自嘲《じちょう》する笑みが見えた。心が痛むような表情に、目の前の体を無性に抱きしめたくなった。手を回すのは簡単だが、その行動が適切でないこともわかる。

「千野さん……」

「救急箱持ってこい。そこの、棚の上にあるから」

千野はいつもの居丈高な物言いに戻り、聡にそう言いつけた。離れがたく思いながら、言われた通りに救急箱を取りにいく。

「後片付け、俺がやります」

「ああ……悪いな」

しばらく指を冷やしていた千野は、自分で軟膏《なんこう》を塗って、聡が手を出すまでもなく手際よく処置した。軽度の火傷は千野も慣れているのだろう。

水回りの掃除を済ませ、帳簿をつけてから帰るという千野を残して帰途についた。

携帯電話を忘れたことに気づいたのは、店を出て五分ほど歩いてからだった。このまま帰ってしまおうかとも思ったが、明日の予定なども入れてあるのでちょっと困る。溜息をついて引き返す。千野がまだいてくれるといいのだが……。足早に店に戻り、裏口へと回ろうとしたところで、鋭い声が耳に届いた。

「帰れ！」

自分が言われたのかとドキッと足を止める。しかしまだ姿は見えていないはずだ。

「そう尖るなよ。落ち着け」

笑いを含んだような男の声が聞こえて、そっと足を進めた。建物の角から顔を出して裏口の方を覗き込む。センサーライトの灯るドアの前に二つの人影が見えた。千野と背の高いスーツの男。あの男だ、とすぐにわかる。

「おまえと話すことなんてない。客じゃないなら店には入れない。帰れ」

押し殺した声で千野は言った。

「相変わらず……可愛いな、おまえは」

男は千野の怒りを意に介す様子もなく、甘い声で返す。千野でなくともこれはムッとする。

「うぜえんだよ！　変わらないわけないだろ、俺はもうおまえの知ってる俺じゃない」

「ふーん、どの辺が？　俺の知らないおまえとやらを見せてみろよ」

ピシッと乾いた音がした。男が伸ばした手を千野が払いのけた音だった。千野に触ろうとしたのだと思った瞬間、足が前に出ていた。

「ふざけんな！　俺を捨てたのはおまえだろう、水本《みずもと》。もう俺に関わるな！」

出た足がぴたっと止まる。

――捨てた？

「おまえは昔から頑固だったよな。素直じゃなくて……でも抱かれると途端に従順になるんだ。孝弘《たかひろ》って呼べよ、昔みたいに」

「だから昔の俺じゃねえって言っ――や、やめろっ！」

突き放そうとして抱きしめられ、千野は悲鳴のような声を上げた。背の高い男は上からのしかかるようにして千野の抵抗を封じ、強引に唇を奪った。

「おまえの気持ちは体に訊いた方が早い。家はどこだ？　隆一。抱いてやるよ」

言い返す声が聞こえなくて不安になる。これは痴話げんかなのだろうか。千野はもう関係ないと言っていたが、千野が素直でないことは聡も知っている。

しかし、なにより聡自身がムカついていた。なんだかとても気に入らない。

「あのー、なにしてるんですか？」

白々しく声をかけた。

「さ、聡……」

千野は慌てて男から離れようとしたが、男は千野から手を離さず聡を一瞥する。

「なんだ、おまえ……ああ、店員か」

まるで動揺した様子もない男を、千野は思い切り突き飛ばした。

「帰れ、水本。おまえの顔は二度と見たくない」

「店員の前で格好つけたいのか？　別にいいだろ、クビを切ればいいだけだ」

どこまでも感じが悪い。こんな男と付き合っていたのなら、千野はかなり趣味が悪い。

「聡はただの店員じゃない。俺が今、全力で口説いてるんだ。夢中なんだよ。おまえのことなんかきれいさっぱり忘れてたのに。邪魔するな」

千野に腕を取られ、聡は驚いたけれど嫌な気はしなかった。

「おまえが？　このガキを？」

水本はバカにしたように鼻で笑って聡を見た。端《はな》から信じていない顔が腹立たしい。

「千野さん、遠慮せずに恋人だって言っていいよ。将来を誓い合った仲だって」

千野の肩を抱き寄せ、水本に笑みを向けた。我ながらいけ好かないすかした笑みができたと思う。

「将来を誓い合う？　なんの冗談だ、男同士で。バカかおまえ」

その言葉には千野のことを抜きにしてもカチンときた。

「バカはあんただ。この人を手放すなんて。男同士だって、諦めなけりゃ将来はあるんだよ！」

それは自信を持って言えた。身近すぎるところに証明がある。

「行こう、千野さん」

「待てよ。まだ話は終わってない」

「おまえと話すことはないって言ってるだろ。これ以上つきまとうと警察を呼ぶぞ。不審者がいるって。おまえはいろいろと困るんじゃないのか？」

千野がそう突きつければ、水本は押し黙った。

「俺んちに行きましょう」

千野の肩を抱いて顔を寄せ、こそこそと話しながら歩き出す。

「え？　いや、でも……」

「家、裏のアパートなんですよね？　すぐ突き止められちゃいますよ？」

「ぐるっと遠回りして帰るから」

「つけてこられたら、さらなる修羅場が待ってるんじゃないですか？　もしかして、それを期待してるとか？」

「んなわけねえだろ！」

千野が大きな声を出して、二人で背後を振り返る。もう水本の姿は見えなかった。

「帰ったか？」

「わかりません。隠れてるかも。やっぱり俺んとこに来てください。なんか、心配だから」

千野の住まいまで送っても、気になってしょうがないだろう。

「……悪いな」

千野はうつむくとひどく小さく見えた。

「なんか千野さんが殊勝だと気持ち悪いですね」

「はあ？　おまえはさわやか好青年みたいな顔して、チクチク毒吐くよな」

「んー、どうも千野さんは特別みたいです。だいたい優しすぎてつまんない、とか言われてふられるタイプなんですけど」

「そんな特別いらねえよ。てか、もう離れろ」

手を払われて、名残惜《なごり》しく肩から手を離した。

「腕を置くのにちょうどいいサイズだったのに」

「てめえは喧嘩《けんか》売ってんのか？　そもそもなんで戻ってきたんだよ」

「あ、そうだ、携帯忘れて……まあいっか」

「いいのか？」

「いいです。明日の朝、店を開けてもらえますか？」

「ああ。それはいいけど」

話しながら、時々後ろを確認する。途中コンビニに寄ったりして、気分は尾行をまく犯罪者か、ストーキング被害者か。いつもはのんびり歩いても十五分くらいのところを三十分近くかけて帰りついた。

「わ、キッチンめっちゃいいじゃん。ワンルームのくせに三ツ口コンロって生意気な」

部屋に入るなり千野は言った。

「その生意気が気に入ったんです。適当に座ってください。狭いですけど」

「本当、狭いな。でも俺もこのキッチンあったら、あとは寝るスペースだけでいいわ」

自分と同じ感想に嬉しくなった。料理人の適性があると認めてもらった気分になる。

コンビニで買ったビールとコーラ、つまみの乾き物を小さな座卓の上に広げる。

「おまえって本当、真面目な。ビールくらい飲んだっていいんだぞ？　法律が許さなくても俺が許す」

「二十歳の誕生日に飲むって決めてるんですよ。なんとなく父親と約束した感じになってて……。我慢してた方がその時感動できるでしょ？」

笑われるかもしれないと思いながら本当のことを言う。高校を卒業すると友達もみんな当然のようにビールを飲むようになった。親に黙って飲んでもよかった。初めてのような顔をするくらい難しいことじゃない。

だけどそれをしたくないと思うのはやっぱり真面目だからなのだろう。

「へえ。いいな、それ。二十歳の誕生日に息子とビールか。親父さんは感動だろうなあ。大人になりました、育ててくれてありがとうってか。……泣ける。おまえ、やっぱいい育ちしてるわ」

千野は笑わなかった。羨ましそうでどこか寂しげな顔をしてビールをあおった。

「千野さんは子供の頃から飲んでた口ですか?」

「まあな。うちの親は見事な放任で、俺はグレてたし……酒も煙草もやりたい放題だったな。何度も警察の世話になって……。でもあいつが」

そこまで言って千野は口を噤《つぐ》んだ。あいつというのが水本のことだというのは容易に察することができる。

「でも煙草、今は吸ってませんよね?」

千野が黙ってしまったので、微妙に話を逸らしてみた。

「ん? ああ、十八で料理人になるって決めた時に、やめた」

「十八で禁煙ですか。偉いですね」

「てめ、ヤンキー馬鹿にしてんだろ」

冗談を言って笑い合った後、千野はするめを歯に挟んだまま溜息をついた。

「まあ、馬鹿にされてもしょうがないガキだったよ。……もっとちゃんと先のことを考えて生きろって言われたんだ。親とか世間に当てつけても意味がない、時間の無駄遣いだって……あいつに。水本に」

結局そこに繋がってしまうらしい。

「俺、余計なことしました? あの人……追い払って」

「いや、助かった。あいつはまあ、そういう意味では恩人でもあるんだけど、いや違うな、ただのきっかけだな。俺の料理が美味しいって言ってくれたのも、あいつが初めてだったけど、俺がエクセレントな料理人になったのは、あいつのおかげなんかじゃない。あいつはもう、本っ当に最悪なんだ」

「さっき、ちょっと話しただけでそう思いましたけど」

「だろ？　俺は物知らずのガキだったんだ。若気の至りってあるよなあ……」

千野は二本目のビールを開けた。缶ビールは六缶セットで購入。なぜかワインも買った。つまみはするめやナッツ類ばかりで、聡はチーズやハムも買おうとしたのだが、今日はそっち系はいいと拒否された。

「あの……えっと、千野さんって、ゲイ、なんですか？」

こういう時は酒の勢いというやつが欲しくなる。あれだけ露骨に、抱くだの捨てただのというのを聞いて、キスシーンまで見ては疑いようもない。聞くまでもないのだけど確認せずに話は続けにくかった。

きっと千野もそう思うから酒を買い込んだのだろう。若気の至りを目の前に突きつけられて、飲まずにいられない気分だったのかもしれないが。

「ああ。……って、やっぱりおまえ、気づいてなかったんだな。いつだったか、駅の近くで俺が男とキスしてたとこ、おまえ見てるぞ」

「え？　あ……あれ⁉　あれって千野さんだったの⁉」

確かに見た。その光景は記憶にある。でも顔は思い出せない。

「俺はさ、おまえのすごく嫌そうな顔が妙に印象的で、記憶にこびりついてた。そしたら働かせてくれって来るし……。偏見ないとか堂々と言うし。嘘つけって思ったけど、料理褒められたら嬉しくなっちゃって。まあ渡りに舟だったたってのもあるけど」

「嫌そうだったのは、路上だったからですよ。それと、ちょっと他のことを思い出させられたせいで、本当に偏見はないです。でも、あの時の人はもっとなんか、妖艶《ようえん》って感じがしたような気がするんだけど……」

言われて思い返せば千野の顔だったようにも思うが、表情が違いすぎた。普段の愛想のない顔も、不意打ちのように見せる可愛い顔も、妖艶にはほど遠い。

「そりゃ、あの時は酔ってたし、チューしてたからだろ。エロいことする時はエロい顔になるさ。見たいなら見せてやるけど？」

千野が顔を寄せてきて、聡は思わず後ずさった。どうやら千野はあまり酒には強くないらしく、火照《ほて》った頬は朱に染まり、とろんとした目で誘うように見つめられれば、鼓動は一気に走り出した。確かにすごく色っぽくて、普段とのギャップにドキドキする。が、誘われるわけにはいかない。

「いや、俺は男は無理なんで」

「無理だって言ってる奴がはまったりするんだよ。食わず嫌いはよくないぜ？」

「食わず嫌いじゃないです。食い過ぎて腹壊しちゃった感じです」

「え、マジ？　それは意外。俄然《がぜん》、興味が湧いてきた。一晩付き合ってくれたら、レシピひとつ教えてやるぞ？　どうよ？」

「う……。いや、それはいいです」

少しぐらっと来たが、慌てて拒否する。千野はククッと笑った。

「わーってるよ、冗談だよ。俺だっておまえは趣味じゃない。俺は歳上が好きなんだ。でもおまえの顔はわりと好みだから、おまえの父ちゃんならいいかなーって思ったけど、恋人いるんだろ？」

「ええ、まあ」

そういえば妙に梓に興味を示していた。残念というのはそういう意味だったのか。恋人が男だと言ったら、千野はどんな顔をするだろう。闘志を燃やされても困るから言わないが。

「さっきのあの人も歳上？」

「あれは……同い年だ。あいつで失敗して、俺には歳上がいいってわかったんだ。歳下なんて論外。ピクリとも反応しないから安心しろ」

なにが反応しないのかはあえて訊くまい。

論外と言われて、ホッとしている自分と残念がっている自分がいた。対象でないと言われて安堵するのは、ストレートの男として普通の反応だが、残念というのはなんなのか。

誰にでももてたいという願望はないはずなのだが。

缶を両手で持ってぼんやりしている千野の顔を見つめる。千野は酔っているせいなのか、予期せぬ再会のダメージからなのか、ひどく疲れているように見えた。

この人は自分を好きにならない。それでいい。自分は女性と結婚するのだから、好きになられても困る。相思相愛の逆だ。どちらからも特別な感情を抱かなければ、適度な距離を保ってうまくやっていける。

願ったり叶《かな》ったりなのに、この物足りなさはなんなのだろう。

千野はセクシャルマイノリティの理解者、いや当事者だった。梓たちのことを話せば連帯感も強くなるかもしれない。親近感も増すだろう。そう思うのにやっぱり、話したくない。

「聡……店、辞めたくなったら言えよ?」

千野がボソッと言った。

「え?　なんでですか?」

「ゲイの痴話げんかみたいなのに巻き込まれてさ、いい気分しねえだろ」

マイノリティ特有の引け目が千野にもあるらしい。

「俺はあなたの料理に惚れてるんです。あなた自身がどういう性的指向の持ち主でもかまいません」

「いいのか?　そばにいると襲われるかもしれないぞ?」

「……千野さんに？」

千野はズイッと顔を寄せてきたが、思わず笑ってしまった。馬鹿にしたようなトーンになったのは否めない。千野に押し倒される自分というのはちょっと想像できなかった。

「てめえ、油断してろよ。俺はけっこう力強いし、人を組み敷くのは慣れてるんだからな」

凄《すご》んでくるが、赤ら顔ではまるで脅威を感じない。人差し指ひとつで倒せそうだ。

「はいはい。で、俺の部屋には寝具が一組しかないんですが……」

「ああ？　……一緒に寝ればいいだろ、くっついて。襲わねえよ、今夜は」

脅してみたり弱ってみたり、なんだか転がされている気分になる。狙ってやっているわけではないのがわかるから、可愛くてならない。これが女の子なら間違いなく落ちている。

「風呂、入りますか？　千野さん？　寝るならベッドに……」

フローリングに敷いたラグの上に、寝転んで大の字になった千野を見下ろす。

Tシャツの薄い布地を押し上げる、硬そうで平らな胸。筋張った首筋、喉仏《のどぼとけ》。フライパンを楽々と振り、パスタを力強くこねる腕の筋肉。どこからどう見ても男だ。逸《はや》る鼓動を落ち着かせようとそういう部分を見るのに、なぜかどんどん追い込まれていく。

「クソッ……やっと忘れられたのに……本当、最悪なんだ……人の弱いとこ突いて、気を持たせて、でも自分のことしか考えてない。ポイッと、ゴミみたいに捨てたくせに……」

紅潮した頬とは不釣り合いな苦しげな表情。眉を寄せ、目を閉じて、見ているのはその頃の自分か、あの男か。

「千野さん、シャワー浴びてきてください。汗くさいですよ」

全然汗くささなんて感じなかったが、あえて萎えるようなことを言ってみた。しかしどうやら千野の耳には届いていない。

「あんなのでも、あの頃の俺にはあいつしかいなくて、わかってくれてるみたいなのが嬉しくて、馬鹿みたいに信じて……ホント、馬鹿だったんだけど……」

いつもの自信満々な千野はどこに行ったのか。所在なくつぶやいて、消えてしまいそうだ。学生時代の千野のこういう部分に、水本は巧みに取り入ったのだろう。そして捨てた。好きという気持ちが大きいほど、傷は深かったに違いない。

「今もまだ好きなんですか？」

問いかけは自然に口からこぼれ落ちた。

途端に千野はガバッと起き上がり、聡を睨んだ。

「好きじゃねえよっ！　俺は百万回くらい『死ねばいい！』って呪《のろ》い倒したのに、なんであんな元気そうなんだよ！　エリートみたいな顔して、指輪して、抱いてやるだ？　ふざけんじゃねえっつーの。あいつの上に隕石《いんせき》落ちろ。百万メートルの落とし穴に落ちやがれ」

呪詛《じゅそ》の言葉は子供っぽいのに、指輪なんて目の着け所は大人だ。確かに左手の薬指に銀色の指輪があったのを聡も見た。だから余計に腹立たしかった。

それをつけたままじゃあしゃあと千野を口説く、その神経が理解できない。

「自分で手は下さないんですね」

茶化すように訊いてみた。千野の気持ちを少しでも軽くしたくて。

「あたりまえだ。あんな奴のために人生捨てられるか」

「うん、それがいいです。千野さんはそのままがいい」

ホッとして笑いかければ、千野は苦虫を噛み潰したような顔になった。

「……おまえさ、そういう顔でそういうことをさらっと言うなよ。たちが悪いな」

「え？　なにがですか？」

「いいよ、もう。寝る」

千野はずるずると這うように移動してベッドに潜り込んだ。

なにが千野の気に障ったのかわからないが、丸くなった千野に布団を掛けて、飲み散らかされたビールの缶を片付ける。シャワーを浴びて戻ってくると、千野は壁側にくっつくようにして寝ていた。手前側にそっと横になってみたが、さすがに狭い。

床で寝ようかと思案していると、千野がくるっと向きを変え、ベッドの端に寝ていた聡を引き寄せた。

「え？」

聡は驚いて、反射的に千野の肩に手を置き、密着を阻止した。

「心配すんな、襲わねえって。ただちょっと……胸貸せよ」

千野は顔を上げぬままそう言って、聡の胸に額をくっつけた。

千野らしくない甘えた言動は、酔いのせいか、落ち込んでいるからなのか、その両方か。

自分に甘えているわけではなく、ただ人肌が恋しいだけなのだということはわかっている。

しかし、千野の熱が薄い布地越しに伝わってきて、胸から全身に回り、風呂上がりの熱と酔っぱらいの熱の相乗効果で体はどんどん熱くなっていく。それでも引き剝《は》がす気にはなれなかった。

聡はふーっと息を吐き出すと、千野の背にそっと腕を回した。

すっぽりと腕の中に収まっているのは歳上の男だが、違和感はまったくなかった。あまりに自然に抱きしめてしまえる自分がちょっと怖い。

「レシピひとつで手を打ちますよ」

胸のレンタル代を提案すれば、千野はモゾッと動いてさらに密着した。交渉成立というところか。

ベッドに入ってから一度も千野の顔を見ていない。くっついたまま動かないから、寝ているのかどうかもわからない。あの男とのことを考えているのかと思えばムッとするし、縋《すが》りつかれると庇護欲のようなものが湧いてくる。

ごく自然に髪を撫でていた。こんな短い髪を撫でるのは初めてだが、意外に柔らかくて手触りがいい。

「そんなの、頼んでない」

半分寝言のようなクレームが来た。

「サービスです」

それっきり応答がないのは寝てしまったのか。それともサービスなら受け取ろうというのか。自分でやっておきながら、こういうのは勘弁してほしいと思う。

人間誰しも弱ることはあって、たまたまそのシーンを見られて開き直ったのだろうが、暴君とか師匠とかいう言葉と、この状況はあまりにもかけ離れすぎている。今だけだというのはもちろん頭ではわかっているのだが……。

感情は迷走していた。今、腕の中にいる千野、料理を楽しそうに作る千野、偉そうで口の悪い千野。どれも可愛く感じるなんて、どれも欲しいなんておかしい。護りたいなんておこがましい。

違う、勘違いだ。千野は自分よりもずっと大人で、強くて、しっかりと自分の足で人生を歩んでいる。今千野が腕の中に収まっているのは、ただの体格差だ。千野はそもそも男だ。こんな感情は錯覚だ。

なにをそんなに必死に……と、自分でも呆れるほど必死になって、勘違いするなと自分に言い聞かせる。

弱いところなんて知らなければよかった。髪の柔らかさなんて知らなければよかった。料理人としてただ尊敬し、師と仰ぎ、いつか肩を並べる目標として遠くにいてほしかった。いつもキャップに隠れたその髪は、ごわごわで硬いと思っていたかった。

腕の中から寝息が聞こえてきても手を離せなかった。悶々《もんもん》とする聡には、その平和な音さえ心を掻《か》き乱す材料になる。

文句を言われないのをいいことに過剰なサービスを続け、目を閉じて眠りが訪れるのをただひたすら待ちわびた。

「起ーきーろー、てめえ食材はどこにしまってんだよ。ジャガイモに卵に……オリーブオイルはどこだ?」

がちゃがちゃと容赦ない音が聞こえてくる。寝かせておいてやろうなんて気遣いはする気もないようだ。

ようやく眠りが訪れたのは明け方で、千野が腕の中から抜け出したことにも気づかなかった。目覚めた千野がどんな顔をするか見てみたかったのだけど、見せたくない千野はきっと慎重に抜け出したに違いない。

キッチンに立つ千野はもういつも通りの千野だった。

ワンルームなので、ベッドに寝そべったままでもキッチンは丸見えだ。朝の日差しを浴びながらベッドから千野を見る。昨日まで想像したこともなかった光景は聡を幸せな気分にさせた。

今までの彼女と迎えたどんな朝より幸せな気分……なんていったら、歴代の彼女にも千野にもきっと殴られる。

「足りないものは買ってきますよ。なにが必要なんです？　ていうか、なにを作ってくれるんですか？」

「パルミジャーノは？」

「あー、粉チーズはありますけど。パルメザンチーズ」

パルミジャーノレッジャーノもパルメザンチーズも、イタリア語か英語かの違いで基本的には同じものだ。だが、パルミジャーノと言う場合は、だいたい本場パルマ産のものを指す。

「まあ、それでいいか。おい、レシピ知りたいんなら、さっさと起きて手伝え。おまえは今日も学校あるんだろ？」

「はいはい」

いつも以上に攻撃的だが、基本的にはいつもの千野だった。寝癖が昨夜の余韻を残しているが、今日はもう触るのをおとなしく許してはくれないだろう。

横に立つと、目だけで斜めに見上げてくる。

「でかい」

「今さら、サイズに文句を言われても困ります」

「ちょっと離れろ」

一歩分離れたが、千野の表情は険しいまま。

「二日酔いですか?」

「は?　あれくらいで二日酔いなんかするかよ」

眉間のしわは頭痛によるものではないらしい。

「じゃあ昨夜のことはきっちり覚えてるわけですね?」

訊けばキッと睨みつけられ、ふいっと逸らされた。

「覚えてるからレシピ教えてやろうって言ってんだろ。……あのな、あれは酔ってたからなんだからな。手近なところにちょうどいいのがあったからちょっと借りてみただけで。サービスなんておまえが勝手にしたんだし、あんなのはあれだ、レジであめ玉くれるのと同じだ」

「あめ玉?」

「いらないサービスだってことだよ。あんなので喜ぶのは女子供くらいだ」

「なるほど」

確かにサービスだといってあめ玉をもらうことはあるが、あまり嬉しくはない。食べる習慣がないから、ついポケットに突っ込んで、忘れた頃にしわしわになって出てきて、結局は捨てるという経験が、聡にも何度かあった。

「キモいだろうが、あんなの。女なら喜ぶんだろうが……とにかく忘れろ。全部忘れろ」

不機嫌なのはどうやらばつが悪かったせいのようだ。それでもなかったことにしないところは千野らしいが、こっちに当たられるのは理不尽だ。

「キモいってひどくないですか、俺の優しさを……。忘れるなんて無理です。なんか可愛かったし」

「はあ⁉」

包丁片手に凄い目で睨まれたが、怖いとは思えなかった。それどころか楽しくてならない。千野とはこれくらいの距離感がいい。

「プレイボーイ気取りかよ。そういうのは女に言え」

千野は舌打ちしてプイと視線を逸らし、ジャガイモを切り始めた。

「なにを教えてくれるんですか？」

「ジャガイモのオムレツ。ただのオムレツじゃないぞ。俺のオリジナルレシピだ。絶対美味い！」

手を休めず自慢げに言う。

「そういえば、緑のオムレツって……」

オムレッと聞いて水本の注文を思い出し、思わず問いかけていた。

「あれは別に大したもんじゃない。ただほうれん草をペーストにして卵に混ぜただけだ。あいつがほうれん草嫌いだったから……って、思い出させんじゃねえ、タコ」

「すみません」

千野は滑らかに手を動かしながら、滑らかすぎる早口で分量や手順を説明する。慌ててメモするのだが、確認のために訊き返してもニヤッと笑って教えてくれなかった。ささやかな意趣返しのつもりなのだろう。

「指、大丈夫ですか?」

小指のガーゼは昨夜手当てをしたそのままの状態だった。

「ん? ああ……大丈夫だ。火傷とか、だっせえよな。全部あいつのせいだ。この世の災厄は全部あいつのせいだ!」

罵りながら卵液を流し込む。

「また来るんじゃないですか、あの人」

「そん時はそん時だ。罵倒して追い返す! で、あとはオーブンで焼くだけだ。簡単だろ?」

「そうですね」

「なんだよ、簡単じゃ不満か? んじゃ、スープも作ってやる、サービスで」

「不満じゃないけど、お願いします。そのサービスは俺、大歓迎です。マッコスープを自分で作ってみようと思って、エンドウ豆買ってたんで、これでぜひ。それと、俺と将来を誓い合った仲っていう設定は生かしておいていいですか？」

　エンドウ豆を受け取った千野は、その問いかけに動きを止めた。

「そりゃ、俺は全然かまわないけど。おまえはいいのか？　彼女いたよな？」

「彼女はそんなの気にしませんよ」

「まあ……そうだよな。男同士で将来とかそんなの、嘘だって丸わかりだし。水本も信じてなかったし。だから無理して続ける必要はねえよ」

「無理はしてません。それに俺は……あると思いますよ、男同士にだって将来は」

　自分が認めなくても、梓と黒崎はきっと続くだろう。すでに十年以上の実績もある。後ろ指をさされる関係だからといって、不幸になれるとは思わない。二人が幸せでいられるのならずっと続いてほしい。女性とだから将来があるとは限らないこともよく知っている。

「おまえは本当……ハァ……やだやだ」

　千野は深々と溜息をつき、眉間のしわを指で押さえて首を振る。

「え？　俺なんかまずいこと言いました？」

「なんでもねえよ。えーと、おまえの好きなマッコスープは乾燥エンドウ豆で作るんだ。まあ生でも美味いスープは作れるけどな」

　それからスープの作り方も流れるように説明され、オーブンからは美味しそうな匂《にお》いが漂ってきた。オムレツが焼き上がると、スープもできあがる。さすがプロは手際がいい。

「千野シェフ特製モーニング。ああ美味そう、なんて贅沢。おまえは幸せ者だな」

自画自賛してオムレツを切り分け、適当に調味料を混ぜて作ったソースをかける。鮮やかなグリーンのスープも添えられ、それは確かに聡にとってとても贅沢な朝食だった。

「本当、俺は幸せです。昨夜から今朝にかけてずっと」

正直に言ってにっこり微笑めば、千野は予想通りのしかめっ面になった。

「おまえ実は性格悪いだろ。いろいろ悪かったよ。これ食ったら忘れろ」

「俺は素直ないい子ですよ。いただきます」

きちんと両手を合わせて、まずはスープを口に含む。確かに自分の好きなマッコスープとは違う味だったが、これはこれで美味しい。朝にぴったりのさわやかな味。その味を楽しんでから、オムレツを口に運んだ。こっちはふんわり、優しい味だ。

向かいに座った千野は、ほら言え、早く言えとばかりに感想を待っている。その姿はまるで「待て」を命じられた柴犬のようだった。

「どっちもめちゃくちゃ美味しい、です」

意地悪を言ってやりたくなったが、嘘はつけなかった。短時間でしかもあり合わせで作ったとは思えないほどの完成度で、文句なく美味しかった。

千野はそれを聞いて満足げにうなずく。

「だろ？　まあ当然だよな。パルミジャーノがあればもっとうまかったんだ」

文句はたぶん照れ隠しだ。不満だという顔をしながらも、ブンブンとしっぽが振られているのが、聡の目には見えた。

千野の機嫌を取りたかったら料理を褒めればいい。実際美味しいのだから簡単なことだ。感想を聞いて落ち着いたのか、千野もスープを口に含んだ。目を閉じてしばし味わう。

「うまいけど、もうひと味……なんだろ。生クリーム？　いやライム絞ったら……あ、はちみつがいいかも。今度やってみよう」

「ライム？　はちみつ？　はあ、なるほど」

そんなの思いつきもしない。確かにライムを入れれば豆くささが消えてもっとさっぱりするだろう。はちみつなら優しい味になるかもしれない。

頭の柔軟さや発想力に関しては、千野に勝てる気がしない。経験を積めばある程度の応用力はつくと思うが、新しいものを生み出す能力は、持って生まれたものが大きい気がする。

真面目で堅実。そう言われることには飽き飽きしているが、人生のレールを踏み外したくないと必死なあたりはまさにその通りだった。

「聡、おまえってなんか……大きいのか小さいのかわかんない奴だな。真面目だけどわりと融通は利くし、器でかいっぽいのに小さいこと気にしてくよくよするし……面白いな」

千野がフッと笑ったものだから、油断していた心臓はドクンと過剰に反応した。やっぱり

千野の力の抜けた笑顔は可愛い。前の時より何倍も可愛く見えてしまった。

「千野さんこそ、がさつっぽいのに繊細っていうか、俺様なのに乙女っていうか、十も歳上なんてとても思えなくて……面白いですよ？」

もちろん褒めてます、と付け足したが、千野はムッと唇を曲げた。その顔さえも可愛く見えるから重症だ。わざと怒らせたのに意味がない。

「おまえは俺を馬鹿にしてる。十も歳下のガキのくせに。もっと敬え」

ガキという言葉には少しばかりカチンと来る。

「ちゃんと敬ってるし尊敬してますよ。千野さんのガキっぽいところもひっくるめて全部好きです」

嫌がらせっぽく言い返したのだが、なにげなく口にした「好き」という言葉を変に意識してしまう。

「くそ、やっぱ生意気だ。なんか腹立つ、すげーむかつく」

千野がいつも通りに返してきてホッとした。地団駄を踏んで悔しがるさまは、やっぱりガキっぽくて可愛い。聡は表面上笑いながら、内心で頭を抱えていた。

「お、電話鳴ってんぞ。中川都《なかがわみやこ》……って、彼女か？」

千野はテーブルの上に置き去りにされていた携帯電話を摑み、聡に放り投げた。

「違います」

一気にテンションが下がったのは、千野が悪びれもせずに表示を見たからではない。千野と一緒に店まで歩き、昨夜からたった今までずっとテンションは高かったのに、中川都と聞いた途端、ストンと落ちた。落ちたから上がっていたことに気づいた。

電話を受け取って、出ようか少し悩み、溜息と共に通話ボタンを押した。

『聡？　おはよう』

遠慮がちな女性の声を聞いて、気分はさらに落ちる。おはようと答えながら店の外に出た。

「なにか用？」

声が尖っていて、我ながらガキっぽいなと思う。

自分を産んでくれた人。この人がいなければ自分は今ここにはいない。そうは思っても親近感は湧かないし、感謝しようという気にもなれない。

五歳の時に別れて、その原因となった男との間にも二人の子供がいる。だからもう自分のことなど忘れてくれていいのに、時々こうして電話をかけてくる。それが罪悪感からなのか、愛情なのかはわからない。もう気にしなくていいとは、前にも言ったのだが。

『うん、朝からごめんなさいね。梓くんに聡がひとり暮らしを始めたって聞いたものだから……。なにかいるものとかない？』

「いるもの？　特にないよ。バイトもしてるし。母の愛なんて今さらもらっても困るし」

言ってしまってから後悔する。嫌味なことを言った。すぐに「ごめん」と謝ったが後味は悪い。

『いいの。そうよね、今さら……。でも、なにかしたいって思っちゃうものなのよ。じゃあ、こっちから勝手になにか見繕って送るから』

元気で頑張ってね、と母は電話を切ろうとする。

「あ、あの、じゃあ豆、エンドウ豆とか……なんか食材余ってるのあったら送ってよ」

慌てて申し出てみた。

『え、うん。最近家庭菜園とかしてるのよ。形はよくないけど新鮮だから、送るわね。お豆も植えてみるわ』

声が一気に明るくなってホッとする。電話を切って大きく息を吐き出した。

好きとか嫌いとかそういう感情よりも、どう接していいのかわからない戸惑いの方が大きい。恨んでいないとは言い切れないけど、不幸になってほしいとも思わない。気に掛けてくれるのはやっぱり嬉しい。でも疲れる。

「やっぱ優しいんだな、おまえ」

声がしてハッと見れば千野が現れた。

「盗み聞きですか？」

「おう。ガキっぽいと言われたのが気に入らなかったのか、当てこすって開き直る。

千野もガキだからな」

「俺もガキですよ……」

「それは年相応ってもんだろ。いや、やっぱちょっとできすぎかもな。ちゃんとフォローしたし。エンドウ豆、送られてきたら俺にも寄こせよ。豆的には俺に料理される方が幸せだ」

「スープにしてから差し上げますので味見してください」

「えー。まあ……しょうがねえな。母の愛だからな」

千野はニヤッと笑い、聡は渋い顔になる。しかし、揶揄《やゆ》されて少し気持ちは軽くなった。母親だからと特別に気負ったり拒絶したりしないで、軽く受け取ればいいのだろう。

「よかったよ、おまえにも年相応のところがあって。俺ばっかり格好悪いのは不公平だからな」

そう言って千野は聡の頭をグリグリと撫でた。

歳上の男に頭を撫でられるのは、不本意ながら慣れている。しかし、梓や黒崎に撫でられるのとはまったく違う感覚があった。

「千野さんは格好いいですよ」

頭を撫で返したのは、千野の怒った顔が見たかったのと、単純に触りたかったから。

「てめ、やっぱ生意気」

手を払われて、名残惜しくもあり、ホッとするようでもあり、自分の感情をもてあます。

「ありがとうございます。朝から付き合ってもらって」

携帯電話を振りながら礼を言う。

「いや、俺こそ……おかげであんまり落ちずにすんだし。ほら、早く行かないと遅刻するぞ！ちゃんとお勉強してこい」

ばつの悪そうな顔から一転、聡を追い出しにかかる。

「じゃあ行ってきます」

「おう、行ってこい」

見送られて歩き出す。なんかいいな、と思う。

千野が女だったら……などと思ってしまって、自分が嫌になる。なんて自分本位な感情だ。女の千野なんて存在しない。

でも、千野っぽい女性ならいるかもしれない。今まで好みというものがわからずにいたけれど、もしかしたらああいうタイプがいいのだろうか。お目にかかったことがないので気づかなかったのか。

しかし、千野みたいな女性って……。

自分の好みがあまりいいとは言えないことだけは、なんとなくわかった。

学校に行くと、美紀が待っていた。

「メールしたのになんで返事くれないの？」

「ああ、ごめん。携帯を店に忘れてて……さっき引き取ってきたんだ」

「本当ー？」

「本当、本当」

不満顔の美紀に平謝りする。電車の中でメールは読んだのだが、急ぎではなかったので、返事は会ってからでいいか、と他の友達への返信を優先させた。

「明後日、買い物に付き合うんだろ？　いいよ、どこにでも付き合うよ」

「やった。あとね、見たい映画もあるの。ご飯は聡くんの好きなのでいいから」

「うん、わかった」

美紀はにこにこと女友達のところへ走っていき、聡の周りには男友達が寄ってきた。

「美紀ちゃん可愛いよなあ。わがままも可愛いレベルでさ。ふわふわ癒される感じ？　最初は、聡もてるのになんであの子？　って思ったけど、おまえ見る目あるわ」

「あ、俺も思った。顔とかスタイルなら他にもっと可愛い子いるもんな」

友達にそう言われて、聡は曖昧《あいまい》に微笑む。彼女を顔やスタイルで選ぶというのは、最初から聡の中にはない。美紀を選んだのは確かに可愛いと思ったからだが、それは断られてもへこたれないところや、気の使い方が可愛いと思ったのだ。

それでもやっぱり美紀の可愛さには誰もが気づくし、素直に可愛いと言える。

千野の可愛さはわかりにくいし、可愛いだろ？ と人にはちょっと言いにくい。同意を得られるとはとても思えない。

いや、そこを並べて考えること自体がおかしい。比べても意味がない。

「そうだな。可愛いよな……俺、見る目あるのか」

しかし、女性からすると自分はあまりいい物件ではない気がする。見る目がない、と言われてしまうタイプなのではないだろうか。今までのふられ方からすると。顔だけ、なんて言われているかもしれない。

「なあ聡、今度女子大生と合コンやるから、来ない？ メンツ足りないんだ」

「は？ おまえ今、美紀が可愛いとか、見る目あるとか言ったよな？」

「別れろなんて言ってないだろ。美紀ちゃんには黙っててやるから。聡なら選び放題だぜ」

「いや、俺バイトあるし。なんか……面倒くさいし」

恋人がいるのに恋人を見つける集まりに行くなんて、面倒ごとしか呼び込まない気がする。

「えー。おまえの写真見せると女子の食いつきいいんだよ。もっと遊ぼうぜー」

「俺の写真って。だいたい俺が行ったら、おまえら好きなの選べないぞ？」

「おー言うねえ。でも、おまえの好みって地味可愛い系だろ？　おれは遊んでまーすって感じの子が好きだから、全然オッケー」

「遊ぶ気満々だな。おまえいつか痛い目見るぞ」

「痛い目見るなら若いうち、だろ」

一理あると言えなくもない。が、痛い目を見るのが自分だけとは限らない。それに、若いうちだって、痛いものは痛い。

若気の至りと言っていた、千野と水本の過去がとても気になる。十年近く前のことなのに、沈静化するために酒の力と他人の胸を必要とするような痛みを伴う相手……。

「とにかく俺、合コンはいいわ。今はバイトが楽しくて」

「ふーん。イタリアンの店だったよな？　和食勧められてたけど、イタリアンに進むの？」

「いや、それはまだ……」

調理実習の時、先生に言われたのだ。

『おまえは真面目できっちりしてるから、基本に忠実な料理をこつこつ作るのが向いてるだろう。アレンジや創作をする料理より、伝統的な和食がいいんじゃないか？』と。

その言葉はけっこうショックだった。別に真面目さを否定されたわけではなく、適性にそった的確なアドバイスをくれたのだとわかるのだが、伝統の和食と千野のイタリアンは対極にあるもののような気がする。

真面目なのは父親譲り。梓は自分が発想力や創造性に欠けているとわかって、作家を諦めて編集者になったのだと言っていた。それなら自分も千野をサポートするシェフに……。

いや、なにを考えているんだ？　自分の人生を人に預けるようなこと。

いつか自分で店を持つ。奥さんと子供がいる幸せな家庭と、笑顔が溢《あふ》れる美味しいレストラン。それが自分の欲しいものだったはず。改めて自分の夢を思い出した。

「和食はちょっと……。イタリアンでもいいけど、町の洋食屋みたいのがいいんだ」

夢を脳裏に描く時、真っ先に思い浮かぶのはジュージューと音を立てるハンバーグだった。

和食は考えたこともなかった。向いてないかもしれないけど、まずは自分が目指したいものを目指したい。諦めるのはとことん足掻《あが》いてからでも遅くない。

「外見的にはそっちが似合うよ、おまえ」

「そう？　ありがとう」

外見なんてどうでもいいが、少しでも適性があるように言ってもらうと嬉しい。

「お、出た、聡のキラースマイル。その顔で優しそうに笑われると、男だって懐《なつ》きたくなるな」

「ん？　いいぞー懐け」

ふざけて両手を広げれば、男どもが「聡きゅん」などと言って懐いてくる。男に縋られても気持ち悪いばかりだ。抱きしめて髪なんて絶対に撫でたくない。

ゲイは困る。自分は真っ当な道を歩むと決めているのだ。絶対、その適性はないと思っていたのに……。落とし穴はピンポイントで開いているものなのか。

ベッドで男を抱きしめて頭を撫でて、少しも嫌悪感がなかったばかりか、幸せを感じた。

「ヤバイかなあ、俺」

ボソッとつぶやくと、

「なんだ、男に目覚めたか？　俺は無理だが、そっち系の店教えてやるぞ」

中のひとりが面白がって言う。

「ない。男はない。絶対ない！」

思わず強く否定しすぎてしまって、ハッと我に返れば周りが引いていた。

「あーいや、やっぱ女の子がいいなって、改めて」

「そりゃそうだろ」

不意に心が中学生の時に戻ることがある。あの頃、人と違うということは大問題だった。世界が狭くて、簡単に孤立する。だから、自分は異端ではないと必死で主張した。

今もまだ学生だが、専門学校にはいろんな人がいて世界はかなり広がった。異端者に風当たりが強いのは変わらなくても、みんな同じなんてありえないということはわかる。

どういう生き方をするかは自分で選ばなくてはならないし、選ぶことができる。中学の頃は梓がなぜその道を選んだのか、まったく理解できなかった。相手が好きという気持ちより、周囲から浮かないことの方が重要だと思っていたから。

でも今はどうだろう……。女の子の方がいいと思う。夢も捨てきれない。だけど、千野といて感じた幸福感は、他の誰といても感じたことがなかった。

天秤《てんびん》はふらふらと傾いて定まらない。

しかし、合コンよりアルバイトに行きたいという気持ちが揺らぐことはなかった。

六

「いらっしゃいませ」

ドアベルの音がすれば自然に声が出る。ＶＥＮＴＯでアルバイトを始めてそろそろ三ヶ月。フロアの仕事にはもうすっかり慣れた。

「さまになってるじゃないか」

入って来るなりそう言ったのは、とても聞き覚えのある声だった。

「え、父さん、なんで……？」

梓《あずさ》の背後には当然のように黒崎《くろさき》の姿があった。

「黒崎に店の名前教えただろ？　俺は教えてもらってないけど」

四十過ぎの男が堂々と拗《す》ねている。

「それは、しつこく訊《き》かれたから」

まだ教えるつもりはなかったのだ。料理にもっと携わることができるようになったら……と思っていた。それに絶対二人で来るとわかっていたから、できれば教えたくなかった。

しかし黒崎にしつこく店名を訊かれ、逃げ切れなかったのだ。

「俺もけっこうしつこく訊いたぞ」

「まあ……父さんを躱《かわ》すくらいはちょろいっていうか……」

「なんだと?」

黒崎がバイト先を訊いてくるのは梓のためだとわかっていた。黒崎にも言うつもりはなかったが、口で黒崎に勝てたためしがない。

さりげなく理詰めで囲い込み、逃げ場を奪ってから優しく諭し、口を割らせる。童話の『北風と太陽』で言うなら太陽のやり方に近いのだろうが、温かさよりも、黒さを感じる。こと梓がらみとなると容赦ない。

「父親に対してちょろいってなんだ」

「梓は聡《さとし》に甘いからな」

「俺はちょろくない! 甘くもないぞ! これでも厳しく躾《しつ》けて——」

「うるさいよ、父さん」

たしなめれば、ウッと口を噤《つぐ》む。他に客がいないのは一目瞭然《りょうぜん》だったが、それでも騒ぎすぎだ。ちらっと厨房《ちゅうぼう》の方を振り返れば、千野《ちの》がちょうど窓から顔を出したところだった。

それを見て二人はすかさず頭を下げた。しょうがないから紹介する。

「父です。と……黒崎さんです」

千野は「え？」と慌てて厨房から出てきた。

「オーナーの千野です。わざわざお越しいただきありがとうございます」

「こちらこそありがとうございます。息子が世話になって……ご迷惑お掛けしていませんか？」

「いえいえ、とてもいい息子さんで、かなり助かってます。どうぞゆっくりしていってください」

にこやかな三人を聡は複雑な思いで見る。別になんということもないのだが、なんだろう……この微妙な気分は。

二人を席に通して千野は厨房に戻った。

「オーダーはおまえに任せる。美味《おい》しいんだろ？」

「それは間違いないよ」

「意外に若い人で驚いたよ。オーナーなんだな、すごいな」

梓が千野を何歳だと思っているのかわからないが、歳《とし》より若く見ているのは確かだろう。実年齢でも店を持つには若い方ではあるけれど。

料理はもちろん一番高いコースをセレクトする。お金に関して気を遣う必要はない。

「千野さん、すみません突然」

「なにがだ？　ありがたいじゃないか。アペリティーヴォ、サービスだ、持っていけ」

「あ、ありがとうございます」

食前酒を手に梓たちのテーブルへと向かう。

「オーナーからのサービスです。……飲むだろう？」

「喜んでいただきます。黒崎は車だから俺だけね」

梓のグラスにスパークリングワインを注《つ》ぐ。それだけのことに妙に緊張する。

「聡に給仕してもらうってなんかいいな」

梓が幸せそうにニコニコ笑えば、向かいの席の黒崎も静かに微笑《ほほえ》む。ワインが飲めないことに不満を抱《いだ》いている様子はない。

緊張したのはアンティパストまで。他の客も入ってくると、いつものリズムを取り戻し、二人も客の一組にすぎなくなった。ごく自然に料理を出し、説明を添える。

梓はなにを出しても美味しそうに食べる実にいい客だ。もちろん実際に美味しいはずだが、顔に出ない客も多い。

この顔が自分が料理人を志した原点。しかし、琥珀《こはく》色の灯《あか》りの中、向き合って食事する二人を見ていると、求めているのはこの幸せな空気感なのかもしれないと思えてきた。

黒崎と聡で料理を作り、梓が食べる。その食卓にはいつも幸せな空気が漂っていた。

食事が作り出す温かな時間を提供できる人になりたい。

千野が言っていた、流行《はや》る店じゃなくても、食べた人が美味《うま》いと言ってくれればそれでいい、というのは、そういうことなのかもしれない。

しかし……我が親ながら、この二人はいつどこででもラブラブしている……と感じるのは、二人がそういう間柄だと知っている自分だからなのだろうか。知らなければ友達同士に見えるのだろうか。

仲がよくても喧嘩《けんか》することは当然ある。梓が出て行くと宣言して、荷物をまとめさせられたこともあった。しかし長引くことはほとんどなく、大方は黒崎がうまく梓を丸め込んでいるのだろうと推測された。

あっさり元通りになるのだが、そのたびにホッとして、自分が本気で二人の別れを望んでいるわけじゃないと知る。仲が悪いよりいい方がいい。最近ではもう、死ぬまで一緒にいてくれ、と願うような気持ちすらある。

世間体《てい》が気にならないわけではないけど、そのために不幸になってほしくはない。

テーブルは八割方埋まり、客は家族連れもいればカップルも女性同士もいた。その間を忙《せわ》しく行き来しながら、梓たちの放つ幸せオーラが気恥ずかしくも嬉《うれ》しかった。息子の働いているところで食事できる幸せ、というのもそのオーラを形成する要素のひとつなのだと、梓の視線から感じられた。

梓たちが座っているあの席で、何度か千野とまかないを食べた。自分たちもあんなふうだっただろうか……と思ってしまって眉《まゆ》を寄せる。あの二人と同じのわけがない。

そういえば美紀《みき》と食事したのもあの席だ。比べるならそっちだろう。

「どれもすっごく美味しかった。ごちそうさま」

「美味かったよ。いいバイト先見つけたな」

締めのエスプレッソを運ぶと口々に褒められて、自分が作った料理でもないのに自慢げな気分になる。

「だろ？　美味しいんだよ、千野さんの料理。どうせバイトするなら美味しいところがいいと思って、けっこう探したんだ。時給は安いけどさ」

自分の知ってるいいものは自慢したい。その欲が強いからこそ、二人のことを大っぴらに自慢できないのが悔しい。

帰り際、支払いの件で少しばかり揉《も》めた。千野はいらないと言ったけど、当然そういうわけにはいかない。

「あなたがうちに来て料理を作ってくださったのなら、それに代金を払うなんて無粋《ぶすい》なことは言いません。でも、私たちは食事をするためにお店に来て、美味しい料理を提供していただいた。気持ちよく代金を払えるのはとても幸せなことなんです。払わせてください」

黒崎は千野に微笑んだ。そう言われると千野も代金を受け取らないわけにはいかなくなる。

「ありがとうございます。そう言っていただけると凄《すご》く嬉しいです」

本当に嬉しそうに、少し照れくさそうに千野は笑った。食前酒だけサービスということで、代金を払って二人は店を出ていく。

「息子をよろしく」と「また来ます」を、梓は何度も口にした。

「いいな……」

二人を見送って、千野が呟《つぶや》いた。

「え？　あ、黒崎さんがですか⁉」

千野がゲイだということを思い出し、黒崎がもてる男だということも思い出した。

「バーカ、いい親御《おやご》さんだなって言ってんだよ」

「ああ、はい」

千野を褒められ、親を褒められ、今日はとてもいい日だ。笑顔で接客はいつも心がけているが、意識しなくても笑顔が浮かび、客との会話も弾んだ。

浮かれた気分のまま営業が終わる。

「うちの父親は千野さんの好みのタイプでした？」

前に聡の顔は好みだから父親ならいけるかも、などと千野は言っていた。皿を洗いながら、余った食材を片付ける千野に問いかけた。

「あぁ？　まあ、二人ともいい男だったけど、割り込む余地なんてないだろ」

「あー……わかっちゃいました？」

「そりゃあ、わかるさ。あんな優しい目で見る相手が恋人じゃないわけがない。どれくらいの付き合いなんだ？」

「一緒に暮らして十四年くらいかな。知り合ったのは俺が生まれる前みたいですけど」

「へえ、すごいな。それで今もあんなに仲がいいのか。奇跡みたいだ……」

千野は遠い目をして溜息《ためいき》混じりに言った。純粋にとても羨《うらや》ましそうで、聡としては少々複雑な気分になる。

「そりゃ当人達はいいだろうけど、子供はいろいろと大変だったんですよ」

二人のことを「おかしい」と言われればムッとするのだが、羨ましがられると反発したくなってしまう。

「まあそうだろうな。おまえの大きいのか小さいのかわからない性格の源がわかったような気がするよ」

千野はクツクッと笑った。

「まあ、普通とは違う苦労をさせられたんで」

「それでも、親が暗い顔をしているより、幸せな顔をしている方がいいと思うぞ、俺は」

「そう……ですね」

ぼんやりと思い出したのは、少しの間梓と二人で過ごした古いアパート。畳の間の暗く湿っぽい感じと、梓の暗く硬い表情が重なる。それが今の黒崎の家に移ってからは、笑ったり怒ったりどんな表情でも明るいイメージがある。

だからきっとあの家を出たいとは思わなかったのだろう。

「家の中には愛があって、外は敵だらけっていうのと、家の中は空っぽで、外に救いを求めるのと、どっちがいいと思う？　まあ、外に愛があるとは限らないけどな」

「それは……前者、ですかね」

「だろ？　俺んちは見事に後者だったよ。家の中には愛どころかなにもなかった」

「なにも？　ご両親は……」

訊いてもいいものか、千野の横顔を窺《うかが》ってみたが、特に表情はなかった。ただいつもより少し冷たく見える。

「いることはいたけど。仕事が生きがいの仮面夫婦で、子供ができたのはたぶん失敗だったんじゃねえのかな。親子三人の食卓なんて記憶にない」

「え？　まったく？」

「そう、まったく。仕事ばっかりしてるもんだから金だけはあって、晩ご飯は適当に食べろって、万札を置いていくんだ。外食にもすぐ飽きて、これでもかってくらい高級な食材を買って自分で作ってた。友達に食べさせたら美味いって言ってくれて、それが原点といえば原点だな」

千野が料理で喜ばせたかったのは友達だったのか。それとも本当は両親だったのか。聞いている方が切なくなるが、千野は淡々としていた。

「ちょっと悪い友達と家をたまり場にしてたら、マンションを借りてやるからって追い出された。子供に関心がない、干渉しない、金は出す。グレるべくしてグレたって感じだよな」

それはきっと寂しかっただろう。でも、千野にはもうすっかり過去のことになっているようで、まるで他人事《ひとごと》のような話し方だった。苦笑してレモン水をグラスに注ぎ、飲み干す。

千野がしきりに聡の親をいい親だと言う意味がわかった。

親友に裏切られて一番傷ついていた中学生の時、あんな親ならいない方がよかったと思ったことがある。親に当たったりもしたが、非行に走ろうなんて気には一切ならなかった。

「いい親です。うちの親は……二人とも」

心が渇いてどうしようもない、なんて気持ちは知らずに生きてこられた。

「うん、いいよ。家族がいるっていいよな」

「千野さんのご両親、今は？」

「父親は三年前に病気で死んで、母親は去年再婚した。二人ともプライドが高くて、仕事も順調、家庭も円満だと周りに思われていたいから、愛情なんてとうになくなってるのに別れなかった。俺はそれをぶっ壊すのに躍起になってた。不毛だったな。父親もこんなに早く死ぬとわかってたら、もっと違う生き方をしたんじゃねえかな。母親は適当に楽しくやってるみたいだけど。一番大事なのが世間体なんて、つまんねえ人生だよ」

完全に他人事という感じだが、そうなるまでには紆余曲折《うよきょくせつ》、苦悩や葛藤《かっとう》があったのだろう。

親という存在を簡単に切り離せたとは思えない。

「それでも、千野さんを遺《のこ》されたんだから、俺は感謝したいです」

「おまえな……そういうのは嫁の父親にでも言えよ」

「でも俺、ここで働くのすごい楽しいから」

「はいはい。ありがとな。……俺は子供も遺せねえし、なんのために生きてんのかなって思ったりもしたけど、おまえの父ちゃんたちのおかげでちょっと希望が見えた。男同士でも将来はあるって、そういうことだったんだな」

「まあ、そういうことです」

「でもなー難しいよなあ、相手探すの。信じて裏切られんのは、きっついから……。ま、おまえは頑張れ。幸せな家庭作って、子だくさんで、なんか楽しそうでいいな」

千野は希望が見えたと言いながらも、もうすでに諦《あきら》めている。幸せとか楽しいこととか、自分のところにはやってこないと思っている。

「千野さんは、女性は全然ダメなんですか？」

「うーん、ダメっていうか、興味が湧《わ》かない。全然反応しねえの。男ばっかり、それも好きになっちゃダメな奴ばっかり好きになる。なんかの呪《のろ》いかね……」

目の前で肩を落とされると、抱きしめたくなる。どうも千野には庇護欲《ひごよく》が湧くようになってしまったらしい。手を出したい衝動を抑え込んでいると、千野がフッと自嘲《じちょう》の笑みを浮かべた。

「あー、余計なこと喋《しゃべ》っちまった。ヤメヤメ。人生なんてなるようにしかならねえよ。さっさと片付けて帰るぞ！」

千野は感傷を吹っ切って、フライパンを磨きはじめた。

誰にもなにも期待していない、期待しないようにしている。独りで生きていく覚悟を決めている。千野からはそんな寂しい潔さを感じた。

いつか千野にも幸せが訪れてほしい。千野を抱きしめて笑わせることのできる誰かが現れれば――。

セラミックタイルの床を磨きながら、ブラシを持つ手にどんどん力が入っていく。千野のか弱いとはいえない肩を後ろから見つめ、自分の手には余ると、何度も自分に言い聞かせた。


水本《みずもと》がやって来たのは、そろそろオーダーストップになろうかという時間。他の客がいないのを見計らったようにやって来て、勝手に席に座った。

渋々オーダーを取りに行った聡は無視して、厨房に向かって直接オーダーを告げる。

「今日はあんかけ焼きそば」

千野は窓から顔を出し、殺気すら漂わせる目で水本を睨《にら》んだ。

「うちはイタリア料理店だ」

「できるだろ？　いつもあるものでちゃちゃっと作ってくれたじゃないか」

水本は過去の親密さを匂《にお》わせる。

千野がグレていた頃の手料理を食べた男。この男が千野の原点かと思うと、感謝より嫉妬《しっと》心が湧き起こった。

「作らない」

千野が拒絶するとホッとする。

「客の要望には応《こた》えるのがシェフってもんじゃないのか？」

「こっちにも客を選ぶ権利くらいある」

「腹が減ったんだ。おまえの作ったものが食べたい」

水本がそう言ってにっこり微笑むと、千野はムッとした顔のままいなくなった。どうやら作ってやるつもりらしい。千野がどんな言葉に弱いか知り尽くしているようなのもむかつく。

水も出したくなかったが、千野が料理を出すなら仕方ない。グラスを置いてさっさと下がろうとしたのだが、

「隆一《りゅういち》とは寝た？」

いきなり下世話な質問が飛んできた。

「は？」

馬鹿じゃないのかという目を向ける。

「どうだった？」

「どうって……あなたに言う必要はないと思いますが」

「なんだ、寝てもいないのに将来がどうとか言ったのか。大したはったりだ」

余裕を漂わせる態度が癇《かん》に障《さわ》る。

「うるっせえな。あんたには関係ない。あんたは千野さんを捨てたんだろ⁉」

客だとか歳上だとか、そういうことも吹っ飛んでしまった。どうしようもなくむかついて苛々《いらいら》する。ニヤニヤ笑いが気に入らなくて、人を殴りたいなんて久しぶりに思った。

「捨てたものを拾いたくなることだってあるさ。今度は大事にするよ」

そう言って水本は視線を聡の背後に流した。

「今度なんかねえんだよ。聡、こっちに来い」

水本の視線の先には、厨房から出てきた千野がいた。聡の腕を引いて厨房へと戻る。

「あいつと喋るな。あれは口がうまくて、人をのせるのもへこますのもお手のものなんだ。弱みを見つけてつつくのも……」

護《まも》ってくれようとしているのはわかるのだが、よく知っているという言い方にまた苛つく。

「でも料理は作ってあげるんですね。あんかけ……パスタ？」

「焼きそば麺《めん》はさすがにないし。さっさと食わせてさっさと帰す」

美味しそうなのがまた気に入らない。なぜあんな男に作ってやるのか。千野が皿を運ぼうとしたが、それすら気に入らず、横から皿を奪って運び、水本の前に乱暴に置いた。フォークはそのまま麺に差す。

しかし水本は気にしたふうもなく、フォークを手に取り優雅にパスタを口に運んだ。

「やっぱり隆一が作ったものが一番美味しいな」

聡の横にいた千野に、善良そうな笑顔で話しかける。千野は仏頂面《ぶっちょうづら》を崩さなかったが、口元がヒクッと引き攣《つ》った。たぶんこんな奴の賛辞でも嬉しいのだろう。

「食ったらさっさと帰れ」

嬉しかったのも不本意だったのか、そう言って千野はその場から立ち去ろうとした。その手を水本が摑《つか》んで引き戻す。

「俺のところに戻ってこいよ、隆一」

「ふざけんな！　俺に触るな！」

千野は手を振ったが、まるっきり振り払えない。

「とりあえず、体だけでもいいんだぜ？」

水本が親指を動かし、千野の手首の静脈あたりをさらりと撫《な》でた。千野はビクッと体を震わせ、ブンブンと手を振って水本の手を振り払った。今度はあっさりと手が離れる。

千野は水本を睨みつけたが、ほのかに頬《ほお》に赤みが差し、なにかが匂い立つ。そんな顔では睨みすら意味を変えてしまう。それはダメだと聡は千野の顔を隠したくなった。

「相変わらず敏感だな。適当に遊んでるんだろ？　その中のひとりでもいいぜ？」

「あ、遊んでなんか……」

ないと言い切ることができない千野の正直さが憎い。

「今は俺だけですよね、千野さん？」

我慢できずに横から口を挟んだ。

「あ、うん、ここんとこは本当に、うん、そうだ」

千野は助け船に乗っかったが、水本は鼻で笑う。

「そんな見え見えの嘘《うそ》で警戒しなくても。俺はおまえを縛る気はない。楽しもうぜ？」

「な、なに偉そうに最低なこと言ってんだよ。結婚したんだろ!?　俺は本当に聡が好きなんだ、邪魔すんな」

「浮気相手は男の方がいい。俺たち体の相性はよかったじゃないか。思い出せよ」

「おまえのことなんか、きれいさっぱり全部忘れたんだよっ。そもそも浮気すんじゃねえ！」

「隆一は不良のくせにお堅かったよな。相変わらず可愛《かわい》いね」

「うっさい！　本当むかつく、さっさと出て行けよ」

千野は水本の腕を摑み、強引に出口へと引っ張っていく。

おとなしくされるままの水本の表情を見て、聡が、ヤバイ、と思った時にはもう遅かった。千野の体は水本の腕の中に抱き込まれ、その流れのまま唇を奪われる。

千野は驚きに固まっていたが、一瞬ビクッと反応してぎゅっと目を瞑《つぶ》った。それは拒絶なのか感じてしまったのか。

その瞬間に聡のなにかが沸点に達した。水本を突き飛ばし、千野を抱きしめる。

「千野さんに触るな、外道《げどう》」

千野の後頭部をしっかり抱き寄せて自分に密着させ、水本を鋭く睨みつける。

「へえ、睨みもなかなか堂に入ってるじゃないか、河合《かわい》聡くん。父上のお友達に伝えてくれよ。『還らざる日々』はなかなか面白かったって。謎解きはチープだったけどね」

水本の言葉に聡は目を丸くする。

「なんで……。俺のことを調べたのか⁉」

「敵を知らないと闘えないだろう？　ま、未成年じゃ俺の敵じゃないとは思うけどね」

ニヤッと嫌な笑みを残して水本は去っていった。

水本の千野への執着は、かなり本気だ。聡の言葉を嘘だろうと疑いながら、それでも素性まで調べ、しかも聡が一番突いてほしくないところを的確に突いてきた。

「聡、ごめん。あいつ、昔から優等生面して陰険でさ。還らざる日々ってなんのことだ？」

千野は腕の中から抜け出し、申し訳なさそうに聡を見る。

「本のタイトルです。黒崎さんは小説家なので」

「小説家なのか……。ごめんな」

「千野さんが謝ることじゃないですよ。気にしないでください。別に知られたってどうってことないですから」

強がりじゃないとは言い切れないが、どうってことないよという顔を作ってみせた。

たぶん水本が言いたかったのは、知っている、ということだ。黒崎が作家だということを、ではなく、父親との関係を。それが聡のアキレス腱《けん》だと読んだのだろう。

こんなことになるなら、梓と黒崎の関係を千野に知られていない方がよかった。気遣わしげな表情の千野に、聡は笑いかける。

「それより千野さん、本当はまだあの男に未練があるんじゃないんですか？　さっき、ちょっとヤバくなかったですか？」

「ち、違う！　心は本当にきっぱり離れてるんだ。でも、なんていうか、悔しいけど、今までの男の中で一番巧《うま》かったっていうか、よかったっていうか……。俺男の子だし、気持ちいいの好きだし……。でも絶対ないから、あいつだけはもう絶対ない！」

それは必死で自分に言い聞かせているようにも見えた。

「千野さん……。それって、あの人がよかったのは巧かったからじゃなくて、好きだったから、なんじゃないですか？」

「え⁉　まあ……あいつ以外は体だけの割り切った関係ばっかだったけど」

千野の肉体関係事情は正直なところ聞きたくない。胸のむかつきが増加する。しかもやっぱりあんな男が好きだったのかと、千野にまでモヤモヤする。

「じゃあ……じゃあさ、それを検証するために、おまえが抱いてくれよ」

千野の言葉に、聡はフリーズした。――今、なんて……？

「け、検証？　……って、え？　それって千野さんは俺のこと……」

好きだ、ということになるのではないだろうか、この話の流れだと。一気に鼓動が速くなって、頭が真っ白になる。

千野はそんな聡の顔をじっと見つめていたが、プッと噴き出した。

「冗談だよ。そんな真面目に困った顔すんな」

「ち、千野さん！」

笑う千野を睨みつける。たちの悪い冗談だ。思わず本気で考えてしまったではないか、千野を抱くことを――。

「でもさ、他の、体だけの奴らよりはおまえのこと好きだし、それで抱かれてちっともよくなかったら、気持ちは関係ないってことだろ。もしすごくよかったら、おまえの説が正しいってことだ」

笑いながら千野はそんなことを言う。なるほど、と思いかけて眉が寄る。

「……ん？　それって、俺が巧いっていう前提はなしになってますよね……」

「そりゃあだって、おまえ男を抱いたことはないんだろ？」

「女ならありますよ」

「女とは違うよ。……あいつの言い分はむかつくけど、浮気するなら男の方がいいってのは、そうかもな。先を期待しないから後腐れないし、一時の快楽で満足するし……。どうだ？

人生経験に一回くらいやっとくか？　聡の明るい未来の邪魔はしねえよ」

千野の腕が首に巻き付いてきて、顔がグッと近づいた。上目遣いに覗き込んでくる瞳は、いつもの千野と違ってひどく頼りなく見えた。

「どうだ？　って……」

誘っている顔には見えなかった。いつもこんなふうに誘っているのだろうか？　色っぽいことをする時は色っぽい顔をすると言っていたのは千野なのに。まったく期待していない、どこか怯えているようにも見える顔。その違和感が聡に冷静さを与えてくれた。

千野の肩に手を添え、押し戻す。

男だから、ではない。抱けないかもしれない、なんて微塵も思わなかった。それどころか……人生経験に一回、では済まない気がして、押し戻す手に力が入ってしまった。

一瞬、千野が傷ついた顔をしたように見えたが、すぐにまた笑い出した。

「だから真面目に考えんなって。ダメだな、おまえはすっごく後腐れがありそうだ。純真な

若者をたぶらかして悪かったよ。やっぱ俺には、遊びを知ってる汚れた大人が似合ってる」

「千野さん」

冗談だったのだろうが、なんだかすっきりしない。誘う千野も下手《へた》くそなら、断る自分も無様《ぶざま》だった。誘いを断るくらいいいいつもはもっとスマートにできる。千野もやっぱりなにか変だ。

「ちょっとからかっただけだろ、怒るなよ。悪かった。……おまえに付き合ってるなんて嘘をつかせたのも悪かったよ。変なことに巻き込んじまって……。おまえのことはちゃんと護るから、心配すんな」

ふざけた声が神妙になって、千野は聡の頭をポンと叩《たた》くと厨房へ戻っていった。その白い背中は、誰にも助けを求めない、頼らない、独りで頑張っている背中だった。

駆け寄って抱きしめたい衝動に駆られる。ぎゅっと抱きしめて「俺がいます」なんてことを言いたい。誘いは拒絶したくせに……グッと拳《こぶし》を握って衝動を押し殺した。

千野はそんなの求めていない。歳上が好きというのは頼りたい気持ちの表れなのかもしれないが、その相手は自分ではない。

梓にとっての黒崎のような人が、千野にも現れたらいい。でも、現れてほしくない。護ってやるなんて言われても少しも嬉しくなくて、護りたい気持ちばかりが込み上げてくる。

あんな最悪の男には渡したくない。自分が幸せに……なんてことを考えて、慌ててブレーキを掛ける。

千野は男だ。そういう対象じゃない。大事な人だからこそ中途半端なことはしたくないし、自分の夢も簡単には捨てられない。

周りから見て幸せな家庭になんかなんの意味もないと千野は言っていた。確かにその通りだ。だから自分が作りたいのは、子供が誰にでも自慢できるような家庭。堂々と、胸を張って、声高らかに……うちの家が一番だ！　と言える家庭。

でも、言えばよかっただけなのかもしれない。異端になることを恐れて、保身のために口を噤んだ。それは親のせいというより、自分に強さと勇気がなかっただけじゃないのか。

好きなら好きと――。

簡単に言えるようなら、ここまで引きずったりはしなかっただろう。ただ真《ま》っ直《す》ぐに生きたいだけなのに、なぜこんなにも難しい。

聡は深々と溜息をつき、千野が作ったあんかけパスタを見つめる。

結婚して、それでも千野を求めてきた男。顔もいい、地位もありそうだった。浮気相手なんていくらでもいるだろう。後腐れのない相手だっていくらでも。

ただ単に千野を忘れられなかっただけなんじゃないのか。

聡の中で、絶対に叶《かな》えると意気込んでいた夢が日に日に色褪《あ》せていた。目指していた「普通の幸せ」が絵空事のように思えて、そんなことはないと必死で抗《あらが》っている。

幸せというのはいったいなんなのだろう。夢を叶えること、ではないのか。

今わかるのは、好きな人が作った料理を最後まで食べられないのは不幸だ、ということだけだった。


翌日も千野の様子は以前と変わらなかった。誘ったのはやはり戯《たわむ》れだったのか。水本が現れることもなく、数日は平穏に過ぎていった。しかし休み明けから急に千野の様子がおかしくなった。

どこが、とは言えないが、ぼんやりしていることが多い。溜息も多い。料理は相変わらず美味しいが、メニューが精彩を欠いているようにも思える。なんだか小さくまとまっている感じで、千野らしい遊びや大胆さがない。

「なにかありました？　千野さん」

「え？　なんもねえけど、なんで？」

「いや、これ……いつもならもうちょっと色鮮やかなんじゃないかと」

「ん？　ああ……本当だ、なんか暗いな。でも味はこれでいいし……皿変えるか」

いつもならそういうことには聡が言うまでもなく敏感に気づく。どうもボーッとしている。

「やっぱりなにかあったでしょ？　あの男がなにか言ってきたとか」

「なにもねえよ。ほれ、おまえの好きなタマネギのみじん切りをさせてやる」

「別に好きじゃないけど……」

食材を扱わせてもらえるのは嬉しいが、タマネギのみじん切りが特に好きということはない。それでもタマネギを手渡されれば、おとなしく従う。

フッと視線を感じて振り返ると、千野が慌てて目を逸《そ》らした。

「なにか？」

「へ、下手くそだなと思って見てただけだ」

「下手くそって……じゃあお手本見せてくださいよ」

「はあ？　チッ……」

千野は舌打ちし、聡を押しのけてみじん切りを披露する。確かにスピードも切れ味も格段に聡より上だ。

「あれ？　ちくしょ、なんで俺が全部やってんだよ」

そこにあった三つのタマネギはあっという間にすべてみじん切りに変わった。止める間もなかった。

「俺は全部やってくれなんて言ってませんけど」

「もういい、おまえフロア行ってろ」

厨房から追い払われてしまった。こんな釈然としない感じが一週間。今日はまた一段と溜息が多い。

いつもの千野はフラットだ。料理をしている時もすることがない時もペースは一緒で、忙しいと楽しげだし、暇な時は優雅で、焦ったりイライラしたりというのはあまり見ない。しかし今日は、料理をしている間は一心不乱で、暇になると途端に落ち着きがなくなる。

それでも何事もなく営業時間は終わった。

「千野さん、明日の休みはなにしてるんですか？」

「あ、明日⁉　な、なんでだよ？」

「いや、別に。休みの日はなにをしているのかなって思っただけですけど」

「明日は……寝てんじゃねえの、死んだように」

千野は吐き捨てるように言った。上がったり下がったり波が激しい。やっぱりおかしい。

「千野さん？」

「ほらほら、さっさと帰れよ。彼女とでもいちゃついてこい。お疲れ」

後片付けもそこそこに追い出された。

なにかを隠していると明らかにわかるのだが、自分にそれを追及する権利はない。

休みが明けて店に行くと、千野はどっぷり暗かった。

「なんか……だるそうですね」

「んあ？　そうか？　別に元気だぞ」

そう言ってる声が吐息混じりでなんとも気怠《けだる》い。そんなはずもないのに、急に痩《や》せたように見えた。コックコートから覗く首筋が、妙に浮き立って見える。

仕事の合間にもちらちらとそこに目が行ってしまう。どうやら首筋が目立つ理由は、千野がずっとうつむき加減だからのようだ。

いつもはシャンと顔を上げて、顎《あご》は上げ気味くらいの勢いで人のことを見るのに、今日は顔も視線も下向きで、人の顔を見ようともしない。

「千野さん、なにがあったんですか。白状してください」

営業が終わって、我慢できずに千野に詰め寄った。それでも千野は顔を見ようとしない。

「ああ？　なに言ってんだ。俺のプライベートはおまえには関係ねえよ。客が不味《まず》いとでも言ったのか⁉」

「いえ、それはないですけど」

「俺は美味い飯を作る。おまえはそれを運ぶ。それが完璧ならなにも問題ない。無駄口叩かずにさっさと仕事を終わらせて帰れ」

近づいていた距離が、まるで同極の磁石の反発のように、見えない壁に阻まれて一気に離れた――そんな気がした。

慌てて手繰《たぐ》り寄せようと、千野の腕に手を伸ばす。触れた瞬間、パンッと弾《はじ》かれた。

「俺に触んな！　もういい、後片付けもしなくていいから帰れ」

「待ってください、なんで急にそんな……」

少なからず……いや、かなり傷ついていた。千野に拒絶されたことはもちろんだが、明らかに弱っている千野になにもしてやれないことに。事情すら聞く権利がないということに。

「……悪い。でも本当に今日はもういい。頼むから放っといてくれ。帰って……」

手の甲を向けられ、ひらひらと追い払われる。

「嫌です」

「ああ⁉」

千野の眉間《みけん》に深いしわが寄り、睨まれる。

「やっとこっち見た。目が赤いですよ。泣くなら胸、貸しますけど？　レシピひとつで」

腕を広げれば、千野が大きく息を吐き出し、やっと少し笑った。

「俺のレシピはそんな安くねえんだよ。じゃあ、フロアの掃除だけして……っ⁉」

背を向けようとした体に手を伸ばし、気づけば腕の中に抱きしめていた。衝動を抑えられなかった。千野はヒュッと息を吸い込んで、固まって動かなくなった。

「な、なんのマネだ、てめえ……放せ」

しばらくして声が絞り出された。怒りをはらんでいるが、かすかに震えているようにも聞こえる。

「すみません。ちょっとの間、我慢して甘えさせてください」

「あぁ？　……なんだよ、なにがあったんだよ？」

自分の方がよほどなにかあった感じなのに、不機嫌な声でも心配してくれる。それだけで胸が熱くなった。腕に力が入りそうになって、なんとか堪《こら》える。

「彼女と別れました」

「は？　あの一緒に来てた子か？　ふられたのか？」

「いえ。違うってはっきりわかっちゃったから……可愛いと思っても、心配してもらっても、抱きしめたくならなくて……。もう比べたくないから、別れました」

「つまり……おまえがふったんだな？　それでなんで甘やかす必要があるんだ？」

「まあそれは……寂しいから」

別れたのは事実だが、甘えさせろというのは、抱きしめた後付けの口実だから、無理があるのはしょうがない。

「はあ？　それでなんで俺が。甘ったれんな、さっさと離れろタコ」

「タコです。クズです。……けっこうこたえてるんです。傷つけてしまって」

わかってたけど……、と美紀は言った。

『好かれてないとは思わなかったし、聡くんはいつも優しかったけど、私だけを見てくれてる感じじゃなかった。私、けっこう頑張ったんだけどな』

そう言った美紀の目が真っ赤で、ずっと我慢させていたのだと知った。

美紀を傷つけて、千野に慰めてもらおうなんて、そんな最低なことは思っていない。甘やかしてほしいとも、もちろん思っていない。どちらかといえば罵《ののし》ってほしいくらいだ。

「そうか。彼女可愛くて、お似合いだったのにな」

優しい千野は、聡が黙り込むと逃げ出すのをやめてそう言った。

自己嫌悪が込み上げる。弱っている千野をなんとか慰めたかっただけなのだが、その口実に美紀のことを利用し、千野にも気を遣わせている。最悪なのに千野を手放せない。

「周りから見てお似合いでも、実際そうとは限りませんよ」

「それは……そうだな。見た目なんて当てにならない」

幸せそうに見えても幸せではなかった千野の家庭。そんなことまで思い出させてしまった。

「すみません」

なにに対する謝罪かは明らかにせず、千野から体を離した。

自分はいったいなにをしているのだろう。衝動的に動いて、理由をこじつけて、結局なんの成果もない。

「おまえもてるんだろ？　すぐ彼女くらいできるさ」

元気づけたかった相手に元気づけられてしまう。

「当分彼女はいいです」

「なんだよ、その歳で懲りたとか言うなよ？　若い頃は失敗も……いや、できればしない方がいいか。若気の至りなんて、馬鹿だった過去の自分をごまかすための言葉だ」

また千野の表情に影が差した。やっぱり水本関係でなにかあったのだろう。

「千野さんも、なにがあったのか話してくれませんか？」

「なんもねえよ。しつこいな、おまえ」

「しつこい、ですか？　俺」

言われてはじめて、人にしつこいなんて言われたことがないと気づく。けっこう諦めはいいし、割り切りも早い。人が悩んでいる様子に気づいても、しつこく訊くよりは相手が話してくるのを待つのが常だった。

「しつけえよ。なんかあったとしてもおまえになんか話すか。親の金で学校行かせてもらってるんだから、余計なこと考えてる暇があったら勉強しろ」

子供扱いにはムッとするが、返す言葉はない。千野より歳下であることは変えられないし、頼ってもらうべきなにかを自分はなにひとつ持っていない。

「わかりました」

やるべき仕事だけはきっちりやって店を出た。

子供の頃からしっかりしていると言われて、わりとずっと頼られる方だった。だけどそれは所詮《しょせん》同年代からのもので、きちんとした社会人から見れば、なんの力もないただの学生でしかない。しかも今は千野に雇われている身だ。

「あークソ、しょーもないガキだな、俺……」

帰り道の路上で、自分に苛立って口汚く吐き捨てる。

結婚して幸せな家庭なんて夢のまた夢だ。昨日は女性を傷つけて、今日は差し伸べた手を断られ、腑甲斐なく情けない自分を思い知る。家を出てひとり暮らしをして、いつの間にか自分はもう一人前だと思い上がっていた。突き落とされた気分だ。

昨日、美紀に「本気で人を好きになったことある？」と訊かれて、答えることができなかった。

「どんなに頑張っても、ダメなのよね。聡くんは、してもらうことには等しく感謝なの。でもそれだけ。思いやりもあって優しいんだけど、自分を見せてくれない。わがまま言ってくれない。聡くん自身も、人のことは見てるけど自分のことは見てない感じで……。聡くんは妹みたいに扱ってくれたけど、なんだか私、お姉さんみたいな気分だったよ」

赤い目をして、それでも美紀は笑顔でそう言った。ものすごく自分が情けなかった。

確かに美紀に感じていたのは、妹を可愛がるような気持ちに近かったかもしれない。でも実際は向こうが一枚も二枚も上手で、見守られていた。格好悪いったらない。

確かに聡にはわがままを言うのはひどく難しいことで、親相手にさえなかなか言えなかった。

「おまえは溜めて爆発するタイプだから」と、以前黒崎に言われたことがある。感謝の言葉はするっと出るのに、不平不満は呑《の》み込んでしまう。人になにかをしてほしい欲も薄い。

自分を見せるというのは、どうすればいいのだろう。

ふと、千野に「しつこい」と言われたことを思い出す。「性格が悪い」と言われたこともある。あまり他の人には言われたことのない言葉だ。

千野に対してだけ態度を変えようと意識したことはないが、千野にはなにかと自分から働きかけている。しつこくかまって、ちょっといじめて、自分の方を向かせたい。

千野がある意味特別な存在だということは、もう認めるしかなかった。

しかし、それ以上は認めたくない。

尊敬する師匠で、先輩で兄貴分。だけど千野は自分より体が小さいから、愛玩《あいがん》動物的な可愛らしさを感じて、かまいたくなって抱きしめたくなって、自分を見てほしくて……。居心地がいいのも、ずっとそばにいたいと思うのも、それで説明がつく。両手の隙間《すきま》からぼろぼろと言い訳がこぼれ落ちている気がするが、見ない振りをする。

自分の部屋の前まで来て足を止めると、自然と溜息が漏れた。

悪足掻《わるあが》きだなんてことは、もちろんわかっている。

七

「いらっしゃいませ」

客を迎え入れ、目が合った瞬間に古い悪夢のような記憶がよみがえった。もう痛みも忘れかけていたのに、突然心が引き戻される。中学生の自分に。

「聡……あの、僕、わかる？」

「もちろん。久しぶりだな、明智《あけち》。お一人様？」

「ああ、うん」

「どうぞこちらに」

笑うことはできた。いや、笑うことしかできなかった。笑顔は自分の心を護るための鎧《よろい》にもなるのだと知った。

明智は中学生の時、自分を裏切った元親友。どうやらここに自分がいると知って来たらしい。なにか言いたいことがあるようだが、今は他にも客がいる。千野は厨房でフライパンを振っていて、明智の話を聞いてやる時間は取れない。

メニューを差し出せばおとなしく受け取った。食事をする気もあるらしい。

明智は中学生の頃、中性的で可愛い顔立ちをよく友達にからかわれていた。すぐに真っ赤になって怒るから余計に面白がられていて、聡もからかったり庇《かば》ったりしていた。気づけばいつも隣にいて、気の置けない親友になっていた。

「えっと、この……アマトリチャーナ？」

たどたどしくカタカナを読み上げるのを聞いて、中学生の頃を思い出す。自信なさげに上目遣いで問いかけるから、思わずからかいたくなるのだ。

「トマトとパンチェッタ……豚バラ肉のスパゲティだけど、いいか？」

「あ、うん」

明智が嬉しそうに笑って、思わず微笑み返した。でも、わだかまりは今も胸の奥に残っている。

本当にまったく信じられない裏切りだったから、傷も深かった。今見ても、そんなことをする奴には見えなくて、あの時の明智は悪魔にでも取り憑《つ》かれていたのではないかと思ってしまう。

オーダーを厨房に通すと、千野から「友達か？」と訊かれた。

「あ、見てました？」

「ちょうどこれができて顔を出したら、なんか雰囲気が違ったから」

厨房とフロアを結ぶ窓の前にできあがった料理が置かれている。聡が忙しいと千野が自分で給仕することもあった。

「中学の同級生です。これ、運びます」

あまり詳しく言う気になれなくて、料理を手にその場を離れた。

二組いた客は帰り、明智の後には客が入ってきていない。明智が食べ終える頃、店内に他に客はいなかった。

「あの、聡、話したいことがあるんだ。今じゃなくてもいい、都合のいい時でいいから、ちょっと話せないかな？」

「ああ……じゃあ、ちょっと待ってて」

今さら蒸し返されたくないのだが、明智の思い詰めた顔を見たら、聞きたくないとも言えなかった。

「千野さん、すみません、少しだけあいつと話してきていいですか？」

「いいぞ。客が来たら俺がやっとくから」

「すみません」

会計をすませ店の外に出た。裏に停めてある千野の車の横で足を止める。

「ここでいいか？」

ここなら客が来てもたぶんわかる。すぐに戻れるし、周囲にも店内にも話し声が聞こえることはないだろう。

暗がりに淡い外灯ひとつしかないので、うつむいた明智の表情はよくわからなかった。

「うん、ごめんね。仕事中に」

「暇だったからな」

無言になって重い空気が漂う。なにか言った方が話し出しやすいのだろうかと口を開きかけたら、明智が顔を上げた。

「ごめん。こないだ祐司《ゆうじ》に会って、おまえがここで働いてるって聞いて……思い切って来てみた。ずっと謝りたかったんだ」

「もういいのに……」

「おまえはそう言うかもって思った。でも言わないと心が晴れなくて。悪いけど、聞いてくれるか？」

「ああ、うん」

気乗りしないまま耳を傾ける。

「あのな、僕……おまえのことが好きだったんだ」

思いもしない言葉に、聡は目を丸くして明智を見た。明智は目が合った途端、おろおろと目を泳がせた。ほのかに頬が赤い……気がする。

「だから、おまえが親のこと話してくれた時、本当はすごく嬉しかったんだ。僕だけに秘密を打ち明けてくれたって、ちょっと舞い上がって、もしかしたらおまえは僕の気持ちを理解して受け入れてくれるんじゃないかって期待して……。でもすぐに打ち砕かれた。おまえは、気持ち悪いよなって言ったんだ。ゲイなんて気持ち悪いだろ？　って僕に訊いた。あの時の僕は、自分を全否定されたみたいに感じて、ショックで……。だから、あれは八つ当たりだったんだ。おまえにひどいことしたって、ずっと後悔してたけど、話しかける勇気もなくて。怖くて。ごめん……ごめんなさい。本当にごめん」

あまりに思いがけない告白で、頭の中が真っ白になった。想像したこともなかったのだ、明智の気持ちなんて。

自分は被害者だと思っていた。悪いのは裏切った明智、世間に認められない関係の梓たち、認めない世間。自分が明智を追い詰めたなんて思ってもみなかった。

「俺は、おまえを傷つけてたのか……」

呆然《ぼうぜん》と呟く。

「勝手に傷ついただけだよ。僕は弱くて卑怯《ひきょう》だった。ただの言い訳だ。でも、ずっと引っかかってて、ちゃんと謝りたかったんだ」

やっと明智と目が合った。ニコッと笑われて、こっちの方が目を伏せたくなった。

「ごめん。気持ち悪いなんて言って悪かった。俺は自分が気持ち悪いって言われるのが怖くて、予防線を張ったんだ」

「おまえが謝るなよ。ひどい目にあったの、忘れたのか？　責めていいんだ。おまえはいつもいい奴すぎるんだよ。あの時だって僕は、おまえに怒られたかった。罵られたかったんだ。そしたら、本心をぶちまけるつもりでいたのに。なにも言ってもらえなくて寂しかった、なんて……勝手なんだけど」

「いい奴なんかじゃない、臆病なんだ。俺はどうやら、人と向き合うのが下手くそらしい。自分ではけっこううまくやれてるつもりだったんだけどな」

苦笑するしかない。自分が精神的な引きこもりだったことに、まったく気づいていなかった。人間関係はわりとうまいつもり、大人でもないのに大人ぶって、人とぶつからないよう、傷つかないよう、傷つけないように生きてきた。

でもそれが逆に傷つけていた。明智のことも、美紀のことも……知ってるつもりでなにも知らなかった。

「おまえは人に気ぃ遣いすぎなんだよ。でも、僕はおまえのそういうところも好きだった」

肩の力が完全に抜けた顔だった。

「過去形？」

「じゃないと困るだろ？」

「んー、まあ。でも、おまえが男だからじゃないぞ。できれば友達になってほしいと思ってるから、過去形の方がありがたい」

少しわがままかもしれない本心を言ってみた。笑みを向けると明智は眉を顰《ひそ》め、それから苦笑した。

「思い出した。そうだった。おまえのなんにも考えてない言葉にドキドキさせられて、振り回されて、期待して……。今僕は他に好きな人がいるから友達にはなれるけど、おまえは彼女いる？」

「いや、今はいないけど」

「じゃあダメだ。僕はふらふらするから。おまえに恋人ができたら、また友達にしてよ」

「なんだ、それ」

正面から笑い合って、親友だった頃を思い出した。話ができてよかった。

連絡先を教え合い、聡に恋人ができたら連絡すると約束して別れた。

「すみません、戻りました」

店内に客の姿はなく、千野は厨房でなにか料理を作っていた。

「おう、もっとゆっくりしてもよかったのに。ちょっとこっち来てみろ。これ、どうだ？」

調理台の上には白い皿が載っていた。その中央に真っ赤なバラの花。

「え、なんですか、これ」

「食べてみろよ。ちょっと気分転換に作ってみた」

「え⁉　これ、食べられるんですか？」

驚いて問いかければ千野が得意げに笑う。もったいないが、花びらを一枚剝《は》がして口に入れてみた。

「うわ、美味い！　なんですか、これ。あまずっぱ」

「美味いか、美味いよな、ふふふ……」

久しぶりに顎の上がった千野を見て、ホッとして嬉しくなる。いろいろ考えるより千野の場合は単純に料理を褒めるのがいいらしい。それが一番千野を元気にする。

「これ、なんなんですか？」

「そう簡単に教えてもらえると思うなよ。レシピってのは、料理人の宝だ。教えてほしかったら俺の機嫌を取れ」

「俺、千野さんのご機嫌取ってばっかだと思うんですけど……」

「どこがだよ。おまえは人のこと馬鹿にしてんだろ。俺が小さいからっつって」

「小さいなんて言ったことないですよ。僻《ひが》みっぽいな」

「ああ？　やっぱ、おまえにはなんも教えねえ」

「千野さーん」

泣きつくまねごとをしてみる。また普通に話せてよかった。聡は安堵《あんど》したが、千野は少し遠い目をして、

「今の彼、おまえのこと好きなんじゃねえの？」

唐突に言った。

「え？　え⁉　なんでわかったんですか⁉」

「ああ、やっぱり」

「父さんたちのこともだけど、すごい、エスパーですか⁉　それとも同類だから？」

「親父さんたちは別として、今の彼は……確かに同類だから、かな」

「でも、四、五年前の話ですよ、それ。俺はさっき聞いて知ったんですけど」

「彼がそう言ったのか？」

「はい」

「そうか……。おまえって意外に鈍いんだな」

「は？」

その通りだが納得がいかず、言い返そうとしたところで、来客を知らせるドアベルが鳴った。

さっさと行け、と顎で促され、おとなしく従う。

「いらっしゃいませ」

笑顔は労せずして作れる。若い女性客が二人。メニューの説明を求められ、にこやかに冗談を交えて話は弾む。なんだか自分が、外面がいいだけの中身のない人間に思えてきた。

人の顔色を窺って、自分を隠して、そのくせ人の本質は見抜けていない。明智と和解できて胸のつかえは取れたが、同時に自己嫌悪は増した。

嫌われたくない、はみ出したくない。心の根っこにあるのはそんな気持ちのような気がする。母親に捨てられ、父親に捨てられたくなかった子供の頃のまま。

人に好かれたいのと、嫌われたくないのは、同じではない。好かれたいと思えば足は自然と前に出るが、嫌われたくないと思えば腰が引ける。

無意識に腰が引けたままこの歳まで生きてきた。生きてくることができた。それは幸せなことだったのか、不幸なことだったのか。

オーダーを通せば、千野は少し呆《あき》れたような笑みを浮かべていた。

この人には好かれたいと思う。なぜなのかはわからないが、千野に対しては最初から足が前に出た。それからずっと、もっと好かれたいと思っている気がする。自分から近づかなければ千野はきっと近づいてきてはくれない。

「ほれ、持ってけ」

白い皿に小高く盛りつけられた生ハムのサラダが置かれ、持ち上げたら皿が傾いて盛りつけが崩れてしまった。ヤバ……、と千野に目をやれば、冷たい視線が突き刺さる。

「てめえ……俺の料理を雑に扱うんじゃねえ。俺はまだおばちゃんパートを雇う野望を捨てたわけじゃないんだぞ」

脅迫めいた言葉とは裏腹に、繊細な手つきでサラダが盛り直された。調理に戻る前にもう一睨みされる。

「野望って……」

集中しなくては、近づくどころか切り捨てられることもありえるらしい。人生甘くない。

でも千野も、少しは自分のことを気に入ってくれている、と思う。ただ、しばらく言わなくなっていた「やめさせる」的なことを、最近また頻繁に口にするようになった。

頼れる男にすぐになるのは無理だが、せめておばちゃんよりは使える男だと思われたい。

ライバルがおばちゃんだというのは、なんとも闘志が湧かないのだけど。人に対して腰が引けてしまう癖は、世のおばちゃんを見習えば改善していけるかもしれない。

八

店が休みの水曜日。千野を見かけたのは偶然だった。

その日は全国的にも休日で学校も休みだったため、彼女と別れたばかりの聡は特にすることもなかった。

趣味といえば料理なので、レアな食材を買い出そうと昼頃に家を出て、隣町まで足を延ばした。今はインターネットでなんでも安く簡単に手に入るが、豊富な食材が並んでいる店の中は新しい発見も多く、いるだけで楽しくて時間を忘れて満喫した。一番欲しかった乾燥エンドウ豆と、他にもいろんな食材を買い込んで店の外に出ると、もう夕暮れ時だった。

昼間の熱が引かないアスファルトの道を、袋を両手に提げて帰途につく。その道すがら、一軒のレストランが目に入った。

イタリアンのようだが、千野の店とは規模が違う。コンクリートの打ちっ放しと木材を組み合わせた洒落《しゃれ》た外観。ガラス張りで明るい店内は、小さな結婚式もできそうな広さがあった。それでも木々の茂るガーデンテラス席まで空席が見当たらないほどの繁盛店。

そんなに美味しいのかと興味が湧いた。若い客も多いし、そんなに高くはないだろう。これも勉強だと入ってみることにした。

テラス席なら空いていると言われ、男一人でテラス席は微妙だが、まあいいかと了承する。席に着けば、涼しい店内が少し恋しかった。

ちらちらとこちらを見る好奇の視線を感じる。でもこれくらいの視線はどうってことない。もっと陰険で攻撃的な視線をたくさん浴びてきた。負い目があるから痛みを感じ、無視することもできなかった。

しかし、視線に殺傷能力なんてない。痛みは自分の心が勝手に感じているものだ。

メニューの中から比較的リーズナブルなパスタを選んで注文した。美味しかったら真似して千野に食べさせてみよう。千野はなんと言うだろうか、と考えただけでワクワクする。罵《ば》倒《とう》される可能性も高いが、それすら楽しみだった。

見た目には美しいパスタが運ばれてきて、口に入れた途端にがっかりする。水っぽい。これが前田《まえだ》が言っていた、雰囲気で客を呼んでいる店というやつか。確かにこれでは長続きしないだろう。目新しさがなくなれば、多くの店からここを選ぶメリットはなくなる。

食べられないほど不味いわけではなかったので、どう改良すればいいかを考えながら食べた。こんな味でも千野のところより遥《はる》かに客は多い。

店内に目を向けると、奥にある個室のドアが開いて男が二人現れた。見間違いかと思わず凝視してしまう。

ラフな私服姿の千野は、いつもよりさらに若く見えた。その隣の長身の男に目を移せば、高そうなスーツをすらりと着こなした水本だった。

どういうことだ？

ライバルがおばちゃんでは張り合いがないと思っていたが、あの男では闘志が湧きすぎる。二人並んだ姿を見た瞬間に、カッと体が熱くなるのを感じた。

なぜ千野が水本と一緒にいるのか——？

うつむき加減の千野と、胸を張った水本は対照的で、二人は黒服の男性に傅《かしず》かれるようにして出口へ向かっていった。

聡は考えるより先に立ち上がっていた。レジを素通りして出て行った千野たちの後を追う。金を払って外に出ると、すでに二人の姿はなく、きょろきょろと左右を見れば、すぐ先の駐車場へと折れる千野の背中が見えた。追いかけてなにをするのかなんて考えていない。ただ体が動いた。

真っ白な高級車の運転席に水本が乗り込み、千野が助手席のドアを開けたところで追いついた。

「千野さん！」

「え？　さ、聡⁉」

驚いた顔の後、すごく苦しげな表情に変わる。この偶然を呪っているに違いない。そのまま動かない千野に近づこうとしたら、

「隆一、乗れ」

水本が急《せ》かすように言った。偉そうな命令口調に従おうとする千野が解《げ》せない。聡はどうしようもなく苛ついて、一直線に千野に近づくとその腕を取った。

「千野さん、帰ろう」

事情なんて知らない。そんなのはどうでもいい。とにかくこの男と千野を一緒に行かせたくない。

「聡……」

千野は一瞬、聡の方へ顔を向けたが、

「隆一」

水本に名を呼ばれてハッと表情を変えた。強く目を閉じ、聡の手を振り払う。

「千野さん⁉」

「悪い、聡。もういいんだ。よりを戻したから」

「は⁉」

「よく考えたら、俺にも都合がよかった。いちいち体の相性がいいセフレを探すのもなかなか面倒だし」

「なに言ってるんですか」

千野の言っていることがわからない。わかるけど、わからない。はすっぱなことを言うわりに千野の表情は暗く、一度も目を合わせようとしなかった。

「そういうことだ。帰ってお勉強でもしたらどうだ？」

水本は運転席に座ったまま、こちらを見てニヤッと嫌な笑みを浮かべた。

頭に来るというのはこういうことかと初めて知った。直接脳が揺さぶられたような、目眩《めまい》がするほどの怒り。気づいた時にはもう水本に向かって踏み出していた。その腕を千野が掴んで引き戻す。

「聡、帰れ」

「なんでですか！　なんでこんな奴――」

「いいから！　もうなにも言うな。これは俺とあいつの問題だ。おまえには関係ない」

「そ――」

言い返したいのに言い返す言葉が出てこない。千野は車に乗り込み、バタンとドアは閉ざされた。走り出した車を止めることもできずに、ぎゅっと歯を食いしばる。

なんだ、これは――。

取り残され、睨みつける対象もなくなって、アスファルトに引かれた白いラインに敵意をぶつけた。

関係ないと言われてしまえばそれまでだ。付き合っているという嘘はもうばれたのだろう。もしかしたら千野がばらしたのかもしれない。

でも、なぜだ？　あんなに嫌って、あんなに嫌がっていたのに。

人の心は変わる。信じていてもあっけなく裏切られる。そんなことは身にしみてよくわかっている。わかっている……つもりだった。

本当に千野は心変わりしたのか？　なにか見落としてはいないか。明智の時のように被害者気分に浸っていたら、大事なものを見逃してしまう。

疑念を抱くと、熱くなっていた脳が冷えて、冴《さ》えてきた。

よりを戻したとか、都合がいいとか、あれは千野の本心なのだろうか。そもそも千野は素直に気持ちを口にする人ではない。でも、顔には表れる。

表情はずっと暗くて、少しも楽しそうではなかったし、嬉しそうでもなかった。

妥協、なのか？　そういえば体に引きずられることもあると言っていたような気もする。

体で押しきられた？　そう考えた瞬間、水本に抱かれる千野の姿が脳裏に浮かび、全身がカーッと熱くなって、冷えた頭が一瞬で沸く。

嫉妬が炎にたとえられる理由がよくわかった。まるで内側から身を焼かれるようだ。

もう、恋じゃないなんて逃げてはいられない。あの男が……自分以外の誰かが、千野に触れることが許せない。

男だけど。

男なのに。

欲しくてたまらなくて――。

もう認めるしかない。逃げていては絶対に手に入らないから。

千野が好きだ。誰にも渡したくない。

自分の中から熱い想いがとめどもなく込み上げてくる。自分の意志と相反する想いが、なぜこんなにも強固に育ってしまったのか。自分を止められないなんて初めてのことで、まったくどうしていいのかわからなかった。

好きになってしまったら男も女も関係ない。都合よく相手を変えることなんてできないのだと、言っていたのは梓だったか、黒崎だったか。まったく厄介《やっかい》だ。理不尽だ。

腕尽くで奪って逃げてしまえばよかったなんて、まったく自分らしくないことを思う。

いや、今の自分では千野は奪われてくれないだろう。冷静な部分もちゃんとある。

置いてきてしまった食材を取りにレストランに戻ると、きちんと取りおかれていて、礼を言ってそれを受け取った。

「さっき、そこの奥の部屋から出てきたスーツの男の人って、水本さんですよね？」

若い女性店員に笑顔で問いかけてみた。素行調査のし返しだ。

「水本……ああ、オーナーのことですね」

「オーナーなんですか。へえ。ここ以外にも店をやってらっしゃるんですか？」

「ええ。和食やフレンチもあるんですよ」

水本はかなり手広く事業をやっているようだった。飲食業の他にホテルも経営していて、どれも繁盛しているらしい。

「奥様のご実家が老舗《しにせ》の料亭で、そこの経営も立て直されたんですって」

「へえ、できる男なんですね。奥さんがいてももてるんじゃないんですか？　うちの姉と仲がいいみたいなんだけど……ちょっと心配で」

「ああ……あなたのお姉さんなら美人なんでしょうね。モデルとか女優とかお好きみたいで、奥さんももう諦めてらっしゃるとか。それでも離婚する気はないみたいだから、本気にならない方がいいと思いますよ」

女性は声を潜めて助言してくれた。女癖の悪さは従業員にまで知れ渡っているらしい。面食いの女好き。相手に不自由していないのに、千野にこだわるのはなぜなのか。なんでも手に入れた男が、昔捨てた男に執着する理由。嫌な答えしか出てこない。

「ありがとうございました」

忙しいのにまだ話したそうな女性に礼を言って店を出た。

日の暮れた道を駅へと歩くが、ひとりの家に帰る気になれなかった。自分の中に籠《こ》もる熱をもてあまし、きっと考えれば考えるほどドツボにはまっていく。

気づけば、マンションとは反対方向の電車に乗っていた。

仲のいい姿が見たい。ただ見るだけでいいのだ。それだけで落ち着けそうな気がする。

そう思って実家に帰ったのだが、梓はまだ帰っていなかった。

「おまえ帰ってくるなら連絡しとけよ。俺が梓にブーブー言われるだろ」

「うん、ごめん。急に思い立って」

梓が黒崎にブーブー言う姿は目に浮かぶ。おまえだけ会うなんてずるい、などと黒崎が悪いわけでもないのに、まるで黒崎が仕組んだかのように責められるのだ。かなり理不尽だと思うが、黒崎はそれも楽しんでいるから同情はしない。

無精ひげは生えているが、急ぎの原稿はないのか、黒崎は二人分のコーヒーを入れてソファに座った。聡も向かいのソファに腰かける。

「ねえ、黒崎さんは俺の母さんに嫉妬したことはなかった？」

コーヒーカップを手に持ち、飲む前に問いかけた。黒崎は少し驚いた顔をしたが、コーヒーを口に含んで、口の端を少し上げた。過去を自嘲するような表情は、大人の男にしかできない渋くていい顔だった。

「したに決まってるだろ。出会ったのも好きになったのも俺の方が早かったんだ。友達だったけどな。嫉妬のかたまりだった。結婚された日には、生きとし生けるすべてを呪いたい気分だったよ。幸せになってほしい、梓が幸せならいい……そう必死で思い込もうとしても、心はどんどん荒《すさ》んでいって……。横恋慕の嫉妬ほど辛《つら》くて苦しくて、不毛なものはない」

今の自分も横恋慕ということになるのだろうか。水本よりは好かれていると思うのだが、向こうには体の関係があって……と考えた途端にまた不毛な嫉妬心が湧き起こる。

「離婚してくれてよかったね」

自分の両親の離婚より、黒崎の片想いが報われてよかった、という気持ちの方が大きくて、ごく自然にそう言っていた。

「いや、さすがの俺も、それをおまえの前で肯定するのは……」

「いいよ、もう。父さんも母さんも今は幸せみたいだし。俺もまあ……よかったのかも」

「どうした？　なんかあったか？」

すべてを肯定した聡に、黒崎は異変を感じ取ったようだ。

聡はソファの上にあぐらを掻いて、梓愛用のクッションを抱えて息を吐き出した。

「なぜ人は、好きになってもダメだってわかってる人を好きになっちゃうんだろう。自分の気持ちなのに……」

何度もブレーキを掛けたのに、結局止まらなかった。男を好きになるというのは、聡にとって唯一といっていい恋愛の禁忌だった。なのに、好きになってしまった。

「人は……って大きく出たな。まあ、好きになってもダメだ、とか思ってる時点でもう意識しまくってるわけだし。気づいた時には遅いんだ。自分では止められない。人を好きになるって気持ちだけは、自分の意志じゃなくて、プレゼントなのかもな……神様からの」

「黒崎さん、神様とかプレゼントとか似合わないんだけど」

「おまえって昔から、さりげなく毒吐く時あるよな。俺はこれでもけっこうメルヘンチックでロマンチックなんだよ」

「うん、それは知ってる。本読めばわかるよ。けど、似合わないんだよね……。顔かな。男前すぎるのかな」

「褒められてるような貶《けな》されてるような。まあいい。神様のプレゼントってのはありがたいものばかりとは限らない。俺が思うに、神様はドSでドMだ。ひどいこととして面白がって、反抗してきたら踏みつけて、それでもめげなかったら言うこと聞いてくれる。で？　おまえにもやっとプレゼントが来たのか？」

「プレゼント、なのかな……」

「不満か？　返上できる程度なら、そりゃ違う。一過性のはしかみたいなもんだ」

「返上は……できない。ありがたくないけど、嬉しいっていうか……苦しいんだけど手放したくない」

昔からなぜか黒崎には素直になれた。強がったり隠したりしてもしょうがないという気分になるのだ。梓だと心配させたくないとか格好つけたいとか、つい虚勢を張ってしまう。

黒崎は笑みを浮かべてじっと聡を見る。優しげだが面白がっているような、それでいて慈《いつく》しむような笑みは、あなたが神かと問いかけたくなるような表情だった。

「でもたぶん、相手には迷惑なんだ。好きになっても喜ばれない」

「それはしょうがないな。だが、好きになるだけなら迷惑にはならない。問題は、その先だ。成就させたいなら慎重になれ。人はそれぞれ絶対に壊されたくないなにかを持っている。それを踏みにじってしまったら取り返しはつかない」

「なにかって……なに？」

あぐらを掻いたまま前のめりになる。

「だから、それぞれだ。家族だったり、自尊心だったり、仕事だったり……目に見えるものとは限らないし、本人も気づいてないかもしれない。人によって違うから、まずはそれを見極めることだ」

「うーん、仕事かなあ……」

頬杖《ほおづえ》を突いて斜め上を見る。千野が絶対壊されたくないものといったら、あの店じゃないだろうか。

「梓の場合はおまえだった。なんでもおまえのため。梓が俺のことを好きになっても、おまえが俺を受け入れなかったら、あいつは俺を拒否し続けただろう。俺は本当に……それはそれは苦労した」

「俺が受け入れた？」

「覚えてないだろうけどな。おまえがあいつの背を押してくれたから、今の俺の幸せがある。だからおまえにはすごく感謝してる」

優しい顔で見つめられるとどうも照れくさい。

「絶対、黒崎さんのためじゃなくて、父さんのためだったと思うんだけど」

ぼんやり覚えているのは、黒崎といると梓の笑顔が力の抜けた自然なものになること。聡の前では親らしくしなくてはとガチガチに力が入っていた。かび臭いアパートより、この家の方がよかったというのもあったかもしれない。

「それでいい。おまえは意識しなくてもちゃんと大事な人を大事にできる奴だ。でも、思いやりと臆病《おくびょう》は紙一重で、おまえはどうも臆病寄りだから……相手がこっちを見てないなら、多少強引にでも手を伸ばせ。……欲しいんだろ？　その人が」

「それは……うん」

欲しくないとはもう言えない。自分の隣にいてほしい。一緒に……できれば梓と黒崎のように、ずっと。

「じゃあとにかくぶつかってこい。おまえが幸せになる協力なら惜しまない」

「どんな相手でも？」

「おまえが選んだ相手なら、歳上でも、たとえ同性でも」

「え、なんで？」

あまりにピタリと的中されて驚く。

「おまえの言葉や表情から推測した。ミステリー作家を舐《な》めるなよ？」

ニヤッと笑った黒崎を見て、フーッと体から力が抜ける。見透かされるのは悔しくもあるけれど、今はちょっと楽になった。

「舐めてはないよ。昔からなんか黒崎さんには見抜かれてる感じするし。……俺は、相手を幸せにできる自信がないんだ。この家を出る時には、俺はなんでも自分でできるし、もう大人だと思ってた。でも、まだ全然……なんの力もないガキだった。人を幸せにできるとは思えない」

「それがわかったなら、もうガキじゃない。でも、ガキだって人を幸せにすることはできるぞ？　赤ん坊見てたら幸せになるだろ？」

「それはそうだけど、俺は赤ん坊じゃないし」

「なにも持ってないと思っても、人はなにか持ってるもんだ。まずは自分の幸せがなにか考えてみろ。……俺の幸せは梓の幸せだった。だから一度は身を引いた。梓の幸せはおまえの幸せだ。だからおまえには幸せになってほしい。自分の好きな人が自分のそばで幸せになるなんて、こんな幸せは他にはない。どんなに困難でもチャレンジしてみる価値はある」

なにも持ってないし、なにもあげられないけど、千野の幸せを願う気持ちには自信がある。

「俺、頑張ってみる」

「おう頑張れ。おまえにそういう人ができたら、やっと俺は梓を独り占めできる。心置きなく巣立っていいぞ」

「本当……呆れるっていうか、感心するっていうか。息子の前でよく堂々とそういうことが言えるよね……」

「俺は誰の前でも言えるぞ。俺より梓を愛してる人間はいない」

「ハァ……幸せそうでなによりです」

毒気を抜かれた気分だ。この人を十年以上も見ていて、よくホモだゲイだとそんなことにこだわっていられたものだ。思春期に受けた傷は深い、というのもあるだろうが、臆病すぎたのかもしれない。はみ出すこと、嫌われることを必要以上に恐れていた気がする。

「ああ。俺は世界一幸せだ」

胸を張ってそう言える黒崎が心底羨ましかった。そう言いたいし、言わせたい。

千野が世界一幸せだと言って笑ってくれたら、間違いなく自分も幸せになれる。

「あーっ！　なんで聡いるんだよ!?　なんで電話くれないの!?　密談？　俺は仲間はずれ？」

梓の帰ってくるなりの大騒ぎに、聡と黒崎は顔を見合わせて笑った。

「なんだよ、おまえらって昔からなんか結託するよな。気に入らない……」

「俺も聡もおまえを愛してるからだよ」

黒崎がさらっと言って、梓は一拍おいて、カーッと真っ赤になった。

「ばっ馬鹿か、おまえ……なに言ってんの⁉　聡の前でそういうこと言うなって言ってんだろ⁉」

まったくもって今さらなのだが、梓の気持ちはわかる。常識人なのだ。聡の真面目さは父親譲り。一途《いちず》さとへこたれなさはもうひとりの父親譲り……になるように頑張る。

「じゃあ俺、帰るね」

「はあ⁉　待てよ、俺が帰ってきていなくなるってひどいぞ。もう少しいいだろ。黒崎、おまえは原稿あるんだよな。締め切りだって言ってたじゃないか。さっさと書斎に行け」

八つ当たりされて追い出されてもやっぱり黒崎は笑顔だった。なにを言われても可愛くて仕方ないという顔。実に幸せそうだ。

原稿があるのに付き合ってくれたのは、聡の様子になにかを感じたからなのだろう。おかげで完全に吹っ切れた。振り切れた。もうブレーキは掛けない。

九

どうしようもないことはなるべく考えないようにして夜を過ごした。今、千野がどこでなにをしているか、というようなことは。

過去よりも今よりも未来が欲しい。千野が自分のそばで笑っている未来が欲しい。

梓たちのようになるというのが、かなり困難な目標であることはわかっているけれど、手を伸ばさなくては摑めるものも摑めない。

学校に行って座学と実習にいそしみ、美紀と少しばかり言葉を交わすことができてホッとする。

こちらから声をかけてみたのだが、無視されてもしょうがないと思っていた。複雑な表情を浮かべながらも言葉を返してくれる美紀は、優しくて強い女性だ。姉のような気分はまだ継続しているのだろうか。しかしやはり聡からすると、どうか幸せになってほしいと、妹を想う兄のような気持ちだった。

千野にとっては自分がそういう存在なのかもしれない。弟のよう……ならまだマシで、下僕か召使いか……。身分違いの恋であっても、押していくと決めたのだ。

周囲に奇異の目で見られることを、なにより恐れてきた。でも、その壁をぶち壊したら目の前がスコンと開けた。すごく自由になった。

周囲から浮かない居場所より、千野の恋人の座がほしい。道のりは遠いかもしれないが、気は長いし時間だけはある。十年かかったって大したことはない。

まずは千野の信頼を得ることだ。仕事を完璧にこなして、任せておけば安心だと思ってもらう。水本のことは追及せず、千野が言うまでは聞かない。余裕を見せるというより、千野を追い詰めたくなかった。きっとなにか訳ありだから。

感情を爆発させて押しつけるのは子供のすること。それをやっても事態は好転しない。千野がもし助けを求めてきたら、素直ではないその合図を決して見逃さない。

そう決心はしたものの、嫉妬の炎はずっと燻《くすぶ》っていた。翌日、千野の顔を見た途端に問い詰めたくなったが、千野が言いたくなさそうに目を逸らしたから、引いた。だるそうにしているのを見れば悶々《もんもん》とし、無理に明るくしようとするのを見れば胸が苦しくなる。

感情を抑え込んで必死で堪えて一週間。なのに男はわざわざ導火線に火をつけにきた。子供を侮り、挑発し、からかうために――。

いつものように店の裏口から中に入ると、厨房から音がした。金属のぶつかりあう音。千野が準備をしている音なのだろうが、なにか引っかかった。

すぐに千野が発する音にしては乱暴な音だったからだと気づく。千野は普段の言動はがさつだが、こと料理に関しては繊細で道具を乱暴に扱うことはない。しかしもちろん、落としたり手を滑らせたりということはある。そういう音だった。

裏口から入って正面に厨房の入り口がある。ドアはついているが、だいたい開け放たれているので、そこから顔を出して挨拶《あいさつ》し、右手にある控室兼事務所で着替えるというのが聡のいつものパターンだった。

今日もそうしようとしたのだが、なんとなく足音を潜めた。見える範囲に千野の姿はなく、戸口に近づこうとしたところで、

「ここには来るなって言っただろうが！」

千野のすごい剣幕に動きが止まった。前にもあった、こういうこと……。

嫌な予感がしてそっと中を覗《のぞ》き込んだ。

「まあそう怒るなよ。バイトくん、そろそろ来るんだろ？　ちょっと話をしておこうかと思ってね。いろいろと忙しくて、来るのが遅くなってしまったけど」

戸口とは対角の方向にグレーのスーツを着た背中が見えた。その姿に隠れて、こちらを向いているはずの千野の表情は見えない。白いコックコートの右手と黒いキャップの上の方が見えるだけ。麺棒を持つ右手は力が入りすぎて真っ白だった。

「聡はもう関係ないだろ。変なちょっかい出すんじゃねえ」

「関係なくはないんじゃないのか？　おまえに関係ないって言われて、泣きそうな顔してたじゃないか。俺に対してちょっと生意気すぎるし……ホント嫌いなんだよ、ああいう青くさいガキ」

泣きそうな顔をした覚えはないが、心情的にはまさにそうだった。肯定したくはないけれど。嫌いなのはお互い様だ。

「関係ねえんだよっ、あいつはただのバイトだ」

「そう思ってるのはおまえだけだろ。いや、おまえも思ってないか……。しかし、親もゲイで息子もゲイってどんな笑い話だよ。すごいＤＮＡだよなあ」

馬鹿にした声に怒りが込み上げてきた。同時にまったく質の違う痛みが胸に走る。開き直ったつもりでも、まだその手の誹謗《ひぼう》中傷を平然と聞き流すことはできないようだ。

「違うって言ってんだろ。あいつは彼女もいる。幸せな結婚が夢なんだそうだ。俺やおまえとは違う、真っ当な人間なんだよ」

自分とは違う、と突き放したような言いように疎外感を覚える。確かにほんの少し前まではそれを目指していた。人生の指標としていたはずなのに、放り投げたことに後悔はなかった。

「おいおい俺は真っ当だぞ。妻も子もあり仕事は順調。金も地位も十二分にある。パーフェクトだ」

「反吐《へど》が出る。おまえは人として腐ってんだよ。さっさと帰れ。嫁の親にばれたらまずいんじゃないのか？　金づるが消えるぞ」

「へえ、よく知ってるじゃないか。俺のことが気になって調べたんだろう？　でも、金づるも老舗の看板ももう俺には必要ない。出資してもらった分は倍にして返したし、今となっては俺がいなくなって困るのはあっちだろう。離婚してもいいんだが、それはあまり体裁がよくない」

千野の大きな溜息が聞こえた。聡の脳裏に、前に聞いた千野の親のことがよぎる。千野がこの男のことを好きというのはありえない。一番忌み嫌うタイプの人間のはずだ。

それならなぜあの時、一緒に行ってしまったのか。

昔の借りでもあるのか。捨てられても情が残っているというのか……。

「おまえさ、パーフェクトとか体裁とか……そんなくだらないことにこだわってると、後悔するぞ。もっとずっと大事なもんがあるだろ。よく考えろ。なくしてから気づいても遅いんだ」

言い聞かせるような口調に千野の優しさがにじんでいた。そんな男の心配なんかしてやる必要はない。しないでほしい。

千野は、愛想はないし口も悪いが、心根の優しい男だ。千野のそういうところを知っているのは自分だけでいい。でもたぶん水本も知っている。それが気に入らない。

昔から、聡くんは誰にでも優しいよね、と言われてきた。彼女になった女性たちからは、責めるような口調でそれを言われた。しかし聡本人には優しくしているという意識はなく、なぜ責められるのかさっぱりわからなかった。でも今ならわかる。他の人に好かれるようなことはしないでほしい。自分だけに向けてほしい。

これは、くだらないけど切実な、独占欲というやつだ。

「なくして気づいたから、取り戻しに来たんだろ。おまえを手放したのは間違いだったよ、隆一」

水本の甘い声が聡の心に油を注ぎ、嫉妬の炎がメラメラと燃え上がる。

「遅《おせ》えよ。俺も気づいちまったから。あの頃の俺は、自分を受け入れてくれる人間なら誰でもよかったんだ。おまえが捨ててくれたおかげで俺の世界は広がった。今の俺におまえは必要ない。遊び相手でも妻子持ちなんか絶対ごめんだ」

「……おまえがこだわるのは妻子持ちってところか？　まさかあいつの親みたいに、自分もステディな相手を、なんて思ってるわけじゃないだろうな？　男同士で」

人を馬鹿にした言い方がとにかくむかつくのだが、嘲《あざけ》る口調には恐れが潜んでいるようにも感じた。

「思ってねえよ。妻子持ちが嫌だって思うのは普通だろ。俺はゲイだが、おまえより常識はあるんだよ。こんなとこで油売ってる暇があるなら、あのクソ不味い店でもどうにかしてきたらどうだ」

「だから、おまえの好きにしていいって言っただろ。あの店はおまえにやる」

「いらん。聡が来る前にさっさと消えろ」

「そんなにあのガキが大事か？　俺は年商三億の社長だ。あんななにも持ってないガキより俺を大事にした方がなにかとお得だぞ？」

水本が手を伸ばして千野を抱き寄せる。それを見た瞬間に、聡は足を踏み出していた。

「おまえの持ってるもんに俺の欲しいもんはねえよ！」

千野はきっぱり言って水本を押し戻そうとしたが、

「おまえにもおいおいわかるさ。今夜また、わからせてやる……」

水本は強引に千野を腕の中に抱き込もうとする。

聡はその後ろ襟を摑んで、力任せに引っ張り、引き剝がした。そうして千野と水本の間に割り込んで、千野を背に水本と対峙《たいじ》する。

「おや、学校は終わったのかい？」

水本は体勢を立て直すと、睨む聡を見て、余裕ある大人の笑みを浮かべた。

「終わりましたよ。俺はまだこれからの男ですから」

聡はいつもの笑顔とは違う、冷たい笑みを浮かべてみせる。

「聡、着替えてこい。水本、おまえは帰れ」

緊張しかけた空気を払うように、千野は二人を追い払おうとした。

「千野さん、今夜こいつとなにするの？」

振り返って問えば、千野は途端に顔を強張《こわば》らせる。

「なにって、決まってるだろ？　子供でもそれくらいわかれよ」

背後からの声はもちろん無視だ。

「なんでこんな男に付き合ってやってるんですか？」

「おい」

「こないだ言っただろ。都合がいいから、それだけだ」

千野は視線を落として答えた。

「そんな言い訳じゃ納得できません。どう考えても千野さんがそういう人だと思えない。一時の快楽のためにプライドを捨てるなんてできる人じゃないでしょ？」

気持ちいいことに弱いと前に言っていたが、それに流されてしまうような人ではないはずだ。

千野は一瞬目を丸くして、それから眉を寄せて唇を引き結んだ。その顔だけでなにか他に訳があるのだとわかった。千野が進んで結んでいる関係ではない。それさえわかればいい。

聡は千野への追及をやめ、水本へと向き直った。

「ですよね？　千野さんはそういう人じゃない、でしょ？」

真っ直ぐに水本を見て同意を求める。水本は一瞬驚いた顔をしたが、すぐにまた馬鹿にしたような笑みに戻った。

「俺に訊くのか。おまえはそう思いたいんだろうが、現実を直視しろよ。おまえは隆一の表面しか知らないんだよ」

「違う！　今の千野さんなら俺の方が知ってる！」

カッとして思わず大きな声になった。

「ただの従業員として、だろ？　嘘はもうばれてるんだ、無理するな。そうだな、隆一を抱いていたら、おまえにもわかったかもな。奥の、熱さとか……」

生々しい言い方に嫉妬で頭の中が真っ赤になった気がした。体から熱が込み上げ、きつく握った拳を振り上げようとして、後ろから腕を摑まれた。

「もうそれ以上言うな、聞くな。やめてくれ……」

弱り切った千野の声を聞いて、聡は少しばかり冷静さを取り戻す。

「体だけ繋《つな》げたって、相手のことなんかわからない。あんたは千野さんの心を見ていない。からっぽの、形だけなぞって満足か？」

「心？　そんなもの……ガキの言いそうな戯言《たわごと》だな。きれい事だけで世の中は渡っていけない。手段なんて選んでいたら、欲しいものは手に入らない」

嘲笑《あざわら》われても悔しくはなかった。

世の中にはそういう一面もあるだろう。しかし、こと人の心に関しては、欲しいなら手段を選ばなくてはいけない。そう黒崎に教えてもらった。

中身のない……心のないものに、千野が惹《ひ》かれることは絶対にない。

「いったいどんな汚い手段を使ったんだ？　千野さんを傷つけたのなら、俺はあんたを赦《ゆる》さない」

「赦さない？　おまえみたいな地位も権力もなにもないただのガキに、なにができるというんだ」

水本は薄ら笑いのまま眼差《まなざ》しを鋭くした。もちろん受けて立つ。睨み合っていると、千野に腕を引かれた。

「聡、もういい。俺は別に傷ついてないし……。ただよりを戻しただけだから」

そう言った千野の顔は少しも幸せそうではなかった。傷ついていない顔を必死で作っているように見えて、思わず抱き寄せる。

「さと……」

「俺は千野さんが好きです」

「な、に、言って……」

「望んでよりを戻したというのなら、笑ってください。そんな苦しそうな顔をして……ちっとも幸せそうじゃないのに、渡せない」

間近に目を見つめて言えば千野は息を呑み、それからブンブンと首を横に振った。片手で聡の胸を押し戻す。

「なにを言ってるんだ、おまえ。馬鹿なこと言ってんじゃねえよ……」

「俺は本気です」

今の自分にできるのは、自分の心を正直に伝えることだけだ。まったく信じていない顔の千野に、眼差しでも気持ちを伝える。千野は視線を逸らした。

「暑苦しい奴だな。隆一は意地っ張りなだけだ。ベッドでは悦《よろこ》んでいたぞ。なあ？」

「やめろ！　……黙れ」

千野はヒステリックに叫んで両耳を塞《ふさ》ぎ、聡からも水本からも逃れようとする。

「隆一、そいつを選ぶのか？　それでいいのか？」

水本の低い問いかけに千野はビクッと身を震わせ、深く息を吸ってから細く吐き出した。

「ちゃんと行くから……もう帰れ」

「千野さん？　なにか弱みでも握られてるんですか？」

そうとしか思えない。

「おまえには関係ねえよ」

「関係なくはないです。俺はあなたに笑ってほしいから」

手を取れば、振り払われた。拒絶に小さく傷つきながら、それでも食い下がらずにいられ

なかった。どうしたって千野が水本を好きなようには見えない。

「おまえ、ゲイじゃないんだろう？　隆一で遊んでないで、女と結婚して幸せな家庭とやらを築けばいい」

「遊びじゃない。ゲイでもなんでもいい、俺は千野さんを幸せにすると決めたんだ。あんたこそ、奥さんと子供がいるんだろ⁉」

「いるからどうした？　言っておくが、それをネタに俺を脅すのは無理だぞ。浮気くらいで妻の座を手放すような女じゃないし、親も止めるだろう。俺の稼ぎが必要だからな」

「あんたは本当に最低で、可哀想《かわいそう》な人だな。あんたには誰も幸せにできない。だから千野さんは渡さない」

なにも持っていないガキでも、なぜか負ける気がしなかった。どこから湧いてくる自信かはわからないが、この男よりは遥かに自分の方が千野を幸せにできる。

「調子に乗るなよ、ガキ。あんまり俺を怒らせると、おまえにも、おまえの親にもよくないことが起きるぞ。俺にはそれだけの力がある」

「親？」

なぜここで急に親が出てくるのかわからない。確かに今の自分に弱みといえるものがあるなら、親のことくらいだろう。なぜこの男はそんなことまで調べたのか……なぜ今それを持ち出したのか。

「水本、関係ないことを喋るな。これは俺とおまえの問題だ」

千野が聡の前に出て、水本を黙らせる。

「親ってなんだ？　まさか……俺のことで千野さんを脅してるのか⁉」

聡はハッとして水本を見た。水本は薄ら笑いを浮かべ、否定も肯定もしなかった。千野は水本を睨みながら首を横に振った。

「んなわけねえだろ。水本、いい加減に帰らねえと、俺もキレるぞ」

千野が凄むと、水本は引いた。

「はいはい。じゃあ後でな。迎えに来てやろうか？」

「いらん」

「じゃ、楽しみに待ってるよ」

水本は必ず来いと念押しをして、ひらひらと手を振って去っていった。

「千野さん……」

二人になって、聡は千野の背に声を掛ける。

「さっさと着替えてこい」

千野は聡の方を見もせずに言った。

「千野さん、俺は……」

「話は後だ。あいつのせいで準備が押してる。さっさと行け。でないとクビだ」

「……Sì。じゃあ閉店後に」

白いシャツと黒のスラックスに着替え、開店準備を整えていく。手早く完璧にフロアの準備を終え、黒いエプロンを腰に巻いて、なにか手伝えることはないかと千野に問いかけた。

「じゃあ……みじん切り」

タマネギとニンジンを差し出された。最近は切るのだけはいろいろ任せてくれる。

厨房内はステンレス製のものが多く、木目や緑など自然のものが多いフロアに比べるとかなり無機質だ。湯気や熱はこもるが温《ぬく》もりは感じられない。

しかし、ここに千野と二人で立っているのが、どこにいるより居心地がよかった。

視界の隅に忙しそうに働く千野の姿が映る。早く許可を取らなくても手伝えるようになりたい。ガキだと水本に連呼され、気にするまいと思ってもそれなりに傷ついていた。

歳の差は埋められない。しかしもう引く気はない。引けと言われても引けない。

骨付きの鶏《とり》もも肉をザクザク切っていくその手を見つめる。顔でなくても、どこでもいいから見ていたい。

「……見てんじゃねぇよ」

手を休めずに千野がボソッとつぶやいた。

「え？　なんか言いました？」

「ちんたらやってんじゃねえっつったんだよ。終わったらオリーブオイル補充しとけ。ココナッツタルトはあら熱が取れてたら冷蔵庫に入れろ。それとこれ、今日のメニューだ」

ノートをポイッと投げられた。基本メニューの他に、毎日仕入れに応じて千野が考える一品メニューがある。それを黒板に書くのも聡の仕事だった。コースの中の料理も毎日変わる。

千野の字は中学生のような角張った文字で、お世辞にもうまいとは言えなかった。しかし、わかってもらえるようにと気を遣っているのが端々から窺える。

「千野さん、これってなんて書いてあるんですか？」

読めなくもなかったが、近づくなというようにノートを投げ渡されたのが不満だった。

「ああ⁉　読めねえのかよ」

千野は文句を言いながらも近づいてきて、ノートを覗き込んだ。

「ピッツァヨーラだろ、ピザ風って意味だ。これくらい気合いで読め」

「すみません。愛の力で読めるようになります」

「は⁉」

いつもの調子で睨みつけて、顔が意外に近くにあったことに動揺する——そんな千野の顔を間近に堪能《たんのう》した。

背けられた首筋がほんのり赤くて、ブツブツ吐き捨てている言葉はかなり汚いものだったが、それも可愛いと思ってしまう。恋とは実に都合のいい変換装置を搭載しているようだ。あばたがえくぼに見えるなら、口汚い暴君が意地っ張りの姫に見えても無理はない。

開店中、客が途切れなかったのは千野にとって幸いだったかもしれない。忙しければ余計なことを考えずに仕事に集中できる。

しかしフロアの方はといえば、客が途切れないといっても、すべての席が埋まるほどではなかったので、手が空く時間もあった。

水本のことを思い出すと表情がきつくなるので、なるべく意識の外に追い出す。厨房と繋がる開口部の横に立ってフロア全体に目を配っているつもりが、いつの間にか千野の手元に目を奪われていたりする。

大胆で繊細な仕事をする指がトマトを潰《つぶ》した。赤い果肉がねっとり指先にしがみつく。

「トマトになりたい……」

すぐに拭《ふ》き取られてポイッと捨てられてしまうのだが、それでもいいから触れたいと思った。あの指にしゃぶりつきたい。

「さっさと持っていけよ、変態」

目の前に皿が置かれ、千野がボソッと言った。思わず笑ってしまう。聞こえるほどの声で言ったつもりはなかったが、心の声は思う以上に大きかったらしい。

千野の言う通り立派な変態だが、なんだかすごく楽しかった。恋をしている。それが嬉しい。想いが通じるか、応えてもらえるかは別の問題だ。そして、水本のこともまた別問題。

しかしすべての根源にあるものは同じで、恋をしなければ問題にもならなかった。

店の営業が終わり、逸《はや》る心のままフロアの清掃を終わらせて厨房へ入る。聡をチラッと見て千野が発した言葉は、「帰っていいぞ」だった。

予想通りの言葉はもちろん無視する。

「好きです、千野さん」

すべてはここから始まる。始めなくてはならない。真っ直ぐに千野を見つめる。

「は!?　なんだよ……まだ後片付け中だ。寝言言ってんじゃねえ」

ちゃんと始めようとちゃんと告白したのだが、千野は眉を寄せて目を逸らすと、手近にあったダスターを掴んだ。シンクに向かい、それを洗いはじめる。

「それ、もう洗ってあります。きれいですよ」

無視して洗い続けるから、その手首を掴んだ。ビクッと逃げようとするから、反射的に引き寄せる。水が跳ねて千野の頬にかかった。

「やめろよ、こういうの……。おまえどうかしてる」

苦しげな顔で離れようとする千野の腰を強引に抱き寄せた。水滴の付いた頬に引き寄せられるように顔を近づけ、唇で触れ、舌で舐め取った。

「な、おま……っ」

真っ赤になった千野が可愛くて、気づけば唇を唇で塞いでいた。

止まらないのだ、抵抗されても。きつく抱きしめれば次第に千野の体から力が抜けていき、喜びが胸の奥から湧き上がってくる。同時にエロい気分も盛り上がってきた。

「千野さん……」

熱い息を耳に吹きかけるようにして啄《ついば》む。耳朶《みみたぶ》を舐めれば千野の体が跳ねて、逃がすまいとまたきつく抱きしめる。

「もう、やめろ。……本当、頼むから……」

狼狽《ろうばい》しきった声音《こわね》を聞いて、顔を覗き込んだ。濡《ぬ》れた唇、頬が上気して、伏し目がちなのがまた色っぽい。しかし眉間には深いしわが刻まれていた。

「なぜ？」

「なぜって……違うだろ、こういうんじゃないだろ。おまえは可愛い嫁さんをもらえ。俺は、あいつと適当に……」

そんなことを言うからもう一度唇を塞いだ。舌を絡めて言葉も搦《から》め捕《と》る。

「適当に、程度でいいなら俺でもいいでしょ？　確か前に、試しに抱いてみるかって誘いましたよね？」

間近に目を見合わせて問いかける。潤んだ目が色っぽくて離したくない。できればこのま……なだれ込みたい。

「あれは、おまえにその気がないのがわかってたから……。からかって悪かったよ。ちょっと離せ。なんかこう……ダメなんだよ。落ち着け」

千野は聡に言いながら、なんとか自分を落ち着かせようとしているように見えた。落ち着かせたくなくて顔を近づければ、両手で顔をブロックされた。

「千野さんって……もしかしてキスに弱い？」

「え？　いや。違う」

否定が妙に片言で目が泳いでいる。わかりやすい。そうと知ればつけ込みたいが、完全に拒否の体勢に入られてしまった。

「ここでこれ以上変なことすんな。修業中のくせに、こんなことばっかいっちょ前で……。変なことしないなら話は聞いてやる。向こうに行くぞ」

千野は聡の腕から抜け出して、先に立って歩き出した。行く先は控室兼事務所。革張りの簡易ソファとパイプ椅子が二つ、事務机とロッカーがある狭い部屋だ。

前を歩く千野の白いコックコートの背中にしわが寄っている。さっき自分が抱きしめたからだと思うと、その感触が手のひらによみがえってきた。

決して柔らかい背中ではない。今まで抱きしめてきた女性のものとはまるで違う、筋肉の張りを感じるしっかりした背中だった。でも、どうしようもなく撫でたくなる、抱きしめたくなる背中だった。

男でもいい、のではなく、千野だからいい、のだろう。

千野はソファにドサッと腰を落とした。聡もその横に座る。

「な、狭いとこに入ってくんな。そっちのパイプ椅子に座れ」

「いいじゃないですか。一応二人掛けなんだし」

千野は溜息をついて端に避《よ》けた。拳二つ分ほどの間が開く。

「あのな、おまえはなんか勘違いしてるみたいだけど、俺は水本と合意の上で遊んでるだけだ。おまえが心配するようなことはない」

「合意？　まあ、そこは一旦置いておきます。俺は千野さんが好きだから、あいつに触らせたくない。遊び相手なら俺にしてください」

最初は遊びでも体だけでもかまわない。他の男にそれをやらせるくらいなら自分がする。

「なに言ってんだ、おまえ。それも勘違いだ。おまえ優しいから、俺が困ってんの見て、助けてやりたいとか思ったんだろ。そういう庇護欲みたいのを恋と勘違いしたんだよ。すぐに覚める」

千野は左手でこめかみを掻くようにして、手のひらで顔を隠していた。隠している表情が見たくて、聡は無遠慮に指の間を見つめる。

「俺は勘違いで男を好きになんてなれません。俺にとって男を……千野さんを好きだと認めることは、これまでの価値観を全部覆すような大変なことだったんです。助けたい、護りたいとも確かに思ったけど、それは優しさじゃなくて俺のものにしたいと思っているからです。男を抱きたいなんて、勘違いで思えるわけがないでしょう」

ちらっとこっちを見た千野は困った顔をしていた。目が合うと逃げるように目を逸らし、うつむく。

「じゃあ、一時の気の迷いとか思い込みとか……。とにかく、しばらく様子を見ろ。盛り上がって勢いで……なんて、絶対後悔する。ということで、以上！」

これで終わりとばかりに千野は立ち上がり、聡は慌ててその腕を掴んだ。

「以上ってなんですか。一旦置いておいたやつが置き去りですよ。あの男に脅されてるんですよね？　嫌々言うこと聞かされてるでしょ？」

座ったまま下から見上げて問いかける。

「だから違うって言ってんだろ、しつこいな」

「俺がしつこいのはあなたにだけです。千野さんが教えてくれないなら、俺ついていきますよ。水本と話をつけます。殴らない自信はないです」

「は？　馬鹿か。おまえはあいつに関《かか》わるな」

千野は厳しい顔をして言い渡した。しかし聡はそれを突っぱねる。

「嫌です。俺にはどうしても合意の関係だとは思えない。遊びなら、今日は行けないって断るのも簡単でしょう？　弱みを握られて強要されているのは明らかだ。理由を教えてください」

「俺のことだ、おまえに言う必要はない」

「違うでしょ？　俺の親のことをばらすって言われたんじゃないんですか？」

「ち、違う。なんで俺がそんなことで脅されなきゃならないんだ。馬鹿馬鹿しい」

「自分のせいでそんな事態になったら申し訳ないってあなたは思うでしょう？　確かにあの男はあなたの考え方をよくわかってるみたいだ。自分のことで脅されても、あなたは言うことを聞かないでしょうから」

「そんなのはおまえの妄想だ。俺はそんないい奴じゃねえ」

「いい奴ですよ。だから俺は、縛ってでも行かせません。あなたを拉致します」

「は？」

聡は立ち上がり、千野を抱きしめるようにしてその両手を背中側でひとまとめにし、ガムテープでぐるぐる巻きにした。

「な、なにしてんだ、おまえはっ」

ガムテープはあらかじめ用意しておいた。千野の性格からして強情を張るのは目に見えていたから、最初からそのつもりだった。肩を摑んでソファに座らせ、反動で上がった足もすかさずガムテープでひとまとめにする。

「て、てめ、殺すぞ！」

抵抗を始めても時すでに遅し。両手両足を縛られては、自慢のパンチも蹴《け》りも繰り出せない。

「明日になったら、千野さんがなんで脅されていたのか明らかになりますね」

「な、そんなことになったら困るのはおまえの——」

「親、ですか？　まあ俺も多少困るかもしれませんが、千野さんを犠牲にしてまで秘密にするようなことでもありません」

「なにを言ってるんだおまえは。有名な作家なんだろ⁉　ばらされたら大変なことになる。あいつは本当にやるぞ！」

「やっぱりそれですか。じゃあ問題ない。よかった、千野さんの人に言えない秘密とかじゃなくて」

それはないと思いつつ、もしかしたら……と一抹の不安も残っていた。払拭《ふっしょく》されてすっきりする。

「おまえな……、俺がなんのために……台無しだ」

項垂《うなだ》れた千野の横に座り、その頭を胸に抱き寄せる。

「ありがとう、千野さん。護ろうとしてくれて。でもうちの親、そんなに柔《やわ》じゃないですよ。俺ももう鍛えられてるし、千野さんを好きになったって認めた時点でいろいろ覚悟を決めました。俺のために千野さんがあんな辛そうな顔をしてたってことの方が、俺にはきついです」

「馬鹿め……。……なんで俺なんだよ。料理ならおいおい教えてやるし、おまえなら若くて可愛い女の子がよりどりみどりだろ」

「料理を教えてほしいから好きになったわけじゃないし、誰もが若くて可愛い女の子を欲するわけでもない。俺が好きになったのは、歳上だけど、料理してる時は子供みたいで、強がりで意地っ張りだけど優しくて可愛い……そんな人です」

「誰だよ、それ」

千野はうつむいたまま吐き捨てるように言った。耳が赤い。

「千野さん……こっち向いてください。可愛い顔見せて」

「可愛いって言うな！」

間近に目が合って、千野はカーッと赤くなった。

今までの人生、優しくしたいと思うことはいくらでもあったけど、いじめたいなんて思ったことはなかった。好きだからいじめたいなんて小学生の初恋レベルだが、それを上回る護りたいという強い欲求がある。大事にしたい。

「うん、やっぱ可愛い」

髪に口づければ、千野は渋い顔をして大きく溜息をついた。

「聡……おまえはもっとこう、違ってたぞ、最初の頃は。真面目だけど雰囲気柔らかくて、歳下のくせに妙に落ち着いてて、草食系っていうか……、ラム、いや羊みたいな穏やかで平和な感じだった。なのに今は、まるで飢えた狼《おおかみ》だ」

「いいですね、狼。狼って確か、すごく一途なんですよ。本質が羊なのか狼なのかは自分でもよくわからないけど、飢えているのは間違いない。俺が変わったのは、本気の恋をしたせいです」

自分がこんなにガツガツしているなんて、聡自身知らなかった。この遺伝子は父のものか、母のものか。いや恋をすると発動する人類共通の遺伝子なのかもしれない。

「俺は食っても美味くないぞ」

「そんなことはないと思いますよ。俺、美味いものを嗅《か》ぎ分ける嗅覚《きゅうかく》は子供の頃から優れてて、それに関しては自信があります」

匂いを嗅ぐように鼻をつければ、千野は嫌がって首を振った。

「でも俺は、おまえがなに言っても信じられない。おまえの親みたいなのはレアケースだ。女を選べる奴が本気で俺を、なんて……信じない」

聡が熱くなるほど千野の拒絶は強くなった。聡が近づくほど千野は離れようとする。それは自分を護るためであり、たぶん聡を護るためでもある。

「女を選べる奴って、俺をあの男と一緒にしないでください。ちゃんと俺を見て、信じるか信じないかを決めて」

頬に手を置けば、首を振って払われた。

「信じねえっつってんだろ」

「まあ、ついこないだまで普通の家庭が欲しいって言ってたのは事実だから、心変わりを疑われてもしょうがないです。信じなくてもいいけど、そばにいて、俺を見ていてください。証明してみせますから」

立ち上がって、千野の顔を両手で挟み、無理矢理自分に向けさせる。ギッと睨みつけられたが、じっと見つめ返した。

「手、解《ほど》けよ」

「それはちょっと」

「なにがちょっとなんだよ」

「殴られるの嫌だし。俺、喧嘩したことないから、絶対千野さんの方が強いと思うんですよね」

「殴られるようなことをしてる自覚はあるんだな？」

「ありますけど……場所を移動しましょうか。あんまり千野さんが来ないとあの人が迎えに来るかもしれない」

「来ねえよ、絶対。あいつプライド高いし、そこまで俺に執着してるわけじゃない。退屈だからちょっと弄《いじ》って遊んでみようか、くらいなんだよ。それでコケにされたら、あとは報復するだけだ。もうゴシップ雑誌にでもネタ売り込む算段を整えてるかもな」

「わかってる感じがむかつくけど……自分のことだけ過小評価なんですね。あれが執着でなくてなんだって……。とにかく移動しましょう。千野さんちがいいな」

「ざっけんな」

「じゃあ俺んちまで行きますか。タクシー呼んで、もちろんお姫様抱っこで乗せてあげますよ。通報されるかもしれませんね」

「はあ!? てめ……マジでタチ悪いな」

「ずっといい子で来たんで、そういうことを言われるのも新鮮です」

我ながら、にっこり笑った顔が狂気じみていると思う。この状況が気持ちよくなっている。

「真面目ないい子は怖《こえ》えな、なにするかわかんねえ」

「怖いですね。恋にとち狂うと……可愛い盛りの子を置いて男に走ったり、男なのに男に走ったり……周りは本当に迷惑する。自分は絶対そうはならないと思ってたんだけど、なっちゃったみたいです」

真面目だからこそ融通が利かなくて一直線。それが幸せなのか不幸なのかという計算より、自分の心に誠実であることをヨシとする。自分の両親はそういう実直で身勝手な人たちだと思っていた。自分はそうなりたくないと思っていたけど、なりたくなくてもなってしまうものらしい。血というやつなのか……。

「迷惑は……でもわりと諦めがつくもんだ。関わり合ってる証拠だからな。無関心よりはだいぶいい」

千野は慰めてくれたのかもしれない。自分の方が不幸だと自慢している感じではなかった。

「じゃ、行きましょうか、千野さんちに」

声を明るく改めて言えば、千野は深々と溜息をついて鍵の在処《ありか》を教えてくれた。

「だからこれを外せ」

両足を持ち上げてみせるのが可愛くて外したくなくなる。しかし抱きかかえて千野の家まで移動するのはさすがにきつそうだ。

「んー、じゃあ足だけ」

「なんでだよ⁉　殴らねえよ、とりあえず」

「縛られてる千野さんって、なんかそそるから」

「堂々と変態発言するな。おまえは開き直りすぎなんだよ」

ブツブツ言っている千野に念押しで確認する。

「もうあの人のところには行きませんよね？」

「あー……」

どうやらまだ隙を見て行こうという気があったのか、行かないという返事が出てこない。

「本当にいいのか？　おまえ……ていうか、おまえの親御さんたちは。今ならまだ間に合う。あいつが俺に飽きるまでだし、俺は別に……」

「いいとか言わないでください。うちの親は大丈夫です。なんなら今電話して確認しましょうか」

まだ十一時なので起きているだろう。いや、梓はやっと帰りついたくらいかもしれない。この場合黒崎に掛けた方がいいのか。一番のターゲットになるのは黒崎だろうが、黒崎の返事はなんとなく予想がつく。その返事の方がありがたいので、とりあえず黒崎の携帯電話に掛けてみることにした。

「聡、スピーカーにして」

「俺、信用されてない……」

項垂れつつ言われた通り、電話の向こうの声がダイレクトに聞こえるようスピーカー機能をオンにする。

「信用してないっていうか、おまえは優しいから気ぃ遣って嘘をつきそうな気がするんだよ」

傷ついた素振りを見せればフォローしてくれる。千野こそ優しい。

『はい、どうした？』

黒崎に電話する時はなにか用がある時だから、黒崎もそういう出方になる。

黒崎にことの成り行きをかいつまんで説明した。自分の大事な人が変な男に脅されていて、そのネタが二人の関係だということ。男の言うなりにならないとマスコミにリークすると言われて、その人は自分を犠牲にしても護ろうとしてくれている、ということを話した。

「そんな感じなんだけど、ばらされたら困る？」

単刀直入に訊いてみた。

人気のない作家なら大した話題にもならないのだろうが、黒崎は売れっ子だし、それほど露出しているわけでもないのに、イケメン作家などと取り上げられ、顔の認知度もかなり高かった。そんな男がゲイだというのは、かなりセンセーショナルだろう。面白おかしく広って、批判も浴びるかもしれない。好奇の目も今までの比ではないだろう。

『へえ、それはそれは』

電話の向こうの黒崎の声は笑っていた。やっぱりだ。

『困る……わけないな。親切な人がいたもんだ。そうか、わざわざ広めてくれるのか、梓は俺のものだって。それが聡のためなら、俺が梓に責められることもない。大歓迎だ。むしろありがたい。どんどんやってくれ』

一片の偽りもない正直な気持ちだろう。執筆中でハイな状態だったのか、若干芝居がかっても聞こえる。

「だよね。黒崎さんはそう言うと思ったよ……。父さんはいるの？」

『ああ、さっき帰ってきた。ちょっと待て』

黒崎は電話の向こうで、聡が説明した内容を端的に梓に伝えた。そして梓と電話を替わる。

『聡、俺たちのことなら気にする必要はない。事実だし、ばれるのなんて、とうに覚悟していたから。おまえさえいいなら俺たちは全然かまわないんだ。そんなことで脅されてやる必要はないって、その人に伝えて。そしておまえはもっと家に帰ってこい』

梓もあっさり了承した。最後の一言の方がよほど重要なことのように聞こえた。

「ありがとう、父さん。また連絡するから」

まだ話したそうな梓を遮って電話を切り、千野に向き直る。

「安心しました？　生半可な覚悟では、男のカップルで子育てなんてできないんだと思います。俺ももう全然かまわない。今は黒崎さんの気持ちがよくわかる……あの人の遺伝子は持ってないはずなんですけどね」

にっこり笑えば、千野はなんとも言えぬ複雑な顔になった。しばらくは眉を寄せていたが、フッと表情筋が緩んだ。

「ハハ……アハハハハ……まいった。すげえな。やっぱおまえはいい育ちしてるよ。土台がしっかりしてると、人ってのは揺るがないんだな。迷っても悩んでも、ちゃんと立っていられる。やっぱ羨ましいわ、おまえの家族」

ソファの背もたれに肩で寄りかかり、仰向《あおむ》いてなにか吹っ切れた顔で千野は聡を見た。

「じゃあ千野さんも家族になりましょう」

腰を折って顔を近づけ、微笑んで提案する。

「最悪、俺のことを好きになれなくてもいいです。家族になりましょう」

「なに言ってんだか……おまえは本当、さらっと殺し文句吐きやがるんだよ……。なあ、もう行かないから、ガムテ切ってくれ」

その頼みを今度は素直に聞いた。千野に覆い被《かぶ》さるようにして背後に手を伸ばし、少し残念だなと思いながら、ガムテープを切って丁寧に剝がす。

「すみません、赤くなって……」

赤い手首を見て申し訳なくなった。

千野は解放された赤い両手首を、聡の首に回した。疑問符を浮かべた聡の顔を自分の方へと引き寄せ、千野はニヤリと笑う。そして少し伸びをするようにして、自分の唇を聡のそれに押しつけた。

聡は驚いて目を丸くする。千野からキスされたのはもちろん初めてだ。

唇をぺろっと舐められた瞬間、戸惑いも驚きも消滅した。こちらからがっつくように押し倒してキスを仕掛ける。

舌を絡め、頭の角度を変えて深くむさぼり、吸い上げて舐め上げて、味わい尽くす。

「おまえ……本当キャラ変わりすぎ……だろ」

息も絶え絶えという感じで文句を言う千野の唇が濡れている。自分が濡らしたのだと嬉しくなって、親指で唇に触れた。千野はビクッと反応し、目を泳がせてうつむいた。

「隠れてたみたいです。熱い、俺」

「熱いっていうか……もうちょっと品のいい感じだった」

「飢えてるから、ガツガツいっちゃうんですよ。満たしてくれたら……もうちょい余裕がで

きて羊に戻れるかも」

「まあ……ガツガツしてんのも嫌いじゃねえ、けど」

「嫌いじゃない、だけですか？」

忠犬のように期待の眼差しを向けておとなしく言葉を待つ。千野は眉を寄せて嫌そうにその顔を見上げた。

「おまえさ、本当はわかってるだろ。俺が……おまえのこと、わりと気に入ってるって。自信あるのに謙虚ぶってる感じが嫌味だ」

「自信はないです。でも、入り口は開いてる気がするから、つけ込む気は満々です。ガツガツ踏み込んで、巻き込んで、ずっと離さないつもりですけど……いいですか？」

抱きしめて額を合わせて問いかける。許可をもらうというより、宣言だ。心情的にはプロポーズだ。

千野は大きな目でチラッとこちらを見て、目を閉じるとフーッと息を吐き出した。

「……好きにしろ」

お許しをもらったので、早速唇をいただく。千野はやっぱり唇が弱いようで、啄めばビクビクと体を震わせ、むさぼれば感じすぎて力が入らなくなってしまう。

紅潮した頬を両手で包み込み、とろんと溶けた千野の顔を堪能する。

「可愛い」

「おまえ……それやめろ。可愛い可愛いって女子高生かよ」

千野は唇を尖《とが》らせて文句を言う。聡は女子高生より可愛いと思った。

「千野さん……たとえが古いです」

「はあ⁉　くそ……帰るぞ」

「Sì, con piacere」

おおせのままに。その命令には喜んで従う。下僕でも恋人でも家族でも、名称はなんでもいい。ただそばにいて、できれば抱き合って、贅沢《ぜいたく》を言うなら幸せに暮らしたい。

千野の手を取ると振り払われ、それでももう一度ぎゅっと繋ぎ直せば、千野はそのまま手を動かさなかった。

十

千野の住まいは店のすぐ裏にある二階建ての小さなアパートだ。一階の店に一番近い端の部屋が千野の寝床。まさに寝に帰るだけの場所だというのが、入った途端にわかった。

キッチンと一体になった八畳ほどの部屋にあるのは、ベッド。他には床に直接置かれた小さなテレビと座卓。その周りに料理雑誌や空き缶などが散らばっていた。

「俺の部屋とあまり変わらないような……」

広さ的に。片付いているのは圧倒的に聡の部屋の方だ。

「うっせー。一緒にすんな。俺には店がある」

家に入ると自然に手は離れ、千野は散らばった雑誌を拾い集めにかかった。

「まあ、通勤時間は一分弱……離れって感じですね。今の俺にはありがたい距離でした」

前屈《まえかが》みの千野を後ろから襲うように抱きしめる。コックスーツの胸元をまさぐり、ボタンを外していく。

「お、おい、てめえ、いきなりかっ」

「いきなりです。すみません、我慢できません」

首筋にしゃぶりつくといい匂いがした。トマトとバジル……そして太陽の匂い。

「せめてベッドに……おい、がっつきすぎだ」

「美味しそうだから……」

「そう言えば俺の機嫌が取れると思ってるだろ」

「え？　ああ……そうか、千野さん自身が一番の食材で、最高の料理ですね」

美味しいと言われると機嫌がよくなる自覚はあったらしい。今は意図して言ったわけではなかったのだけど、悪いが千野が作ったどんな料理よりも魅力的でそそられる。

今までむしゃぶりつくなんていう食べ方をしたことはなかった。上品だと千野は言ったが、確かに飢えとは無縁に生きてきて、人のものを奪ってでも食べたいなんて欲求は感じたことがない。だけど今は、皿の上に載せるのももどかしく感じるほど、早く食べたくてしょうがなかった。

コックコートをはだけ、後ろから胸の粒を弄る。首筋に唇を這《は》わせ、舐めればほんのり塩味がした。もっと、もっとと前のめりになる。

「俺は美味くないって……もっと、柔らかくてもちもちしたの……知ってんだろ？」

女性の柔肌を言っているのか。知らないとは言わないし、美味しくないとも言わないが、比べものにはならない。

「俺……歯ごたえある方が好きなんです。放し飼いの地鶏みたいな……」

聡は口の端を上げ、千野の肩に歯を立てた。

「その、たとえは……ヤ、めろ……」

千野が敏感なのはどうやら口の中だけではない。乳首を指の腹で擦《こす》ると、それだけで膝《ひざ》がカクカクする。胸を弄り続けると、足に力が入らなくなったのか、床にずるずると崩れ落ちた。

そのまま千野を仰向けに押し倒し、上から跨《また》がって胸の粒を口にした。

「んっ、あ、あ、……や……」

いつもは汚い言葉の吐かれる唇から、消え入るような喘《あえ》ぎ声が溢《あふ》れ、それを聞いただけで全身の血が騒ぐ。ありえないほど興奮し、体が熱くなって、シャツの襟元を緩めて脱ぎ捨てた。

嫉妬の熱とは違う、相手に伝わって戻ってくる幸せな熱。全身がどんどん熱くなる。

「やっぱり……どこもかしこも美味しい」

もっといろんな声を出させたい。喘がせたい。

体を重ね、再びキスをすれば、千野の両手が聡の背に回った。

「さと、し……」

名前を呼ばれるだけで胸が熱くなる。しかし、眉を寄せて自分を見る千野の瞳にはまだ迷いが見えた。聡は間近に目を合わせ、微笑む。

「千野さん……全部、もらいますよ」

千野の大きな目がさらに大きくなって、それから泳いで、逸らされた。聡は笑って何度も口づける。言葉での答えは特に求めない。

ズボンの上から内腿《うちもも》を撫で上げ、股間《こかん》の縫い目を後ろから前へと撫でれば、手のひらに熱と硬さを感じる。前立ての部分を押すようにしてじわりと握ってみた。

「ん……っ」

体がビクッと反応し、千野の唇がかすかに開く。千野は敏感で反応は素直だ。ゆっくりと撫でさすりながら胸を啄む。

「ひ、ぁ……んっ」

コックコートの前をはだけ、白い肌とピンクの胸の粒が露《あらわ》になった景色は、実にいやらしく扇情的だった。目に焼き付いて、きっとことあるごとに思い出す。厨房で調理する千野を邪《よこしま》な目で見ない自信はなかった。さすがに手は出さないと思うのだが。

「ヤバイな……」

見下ろして呟けば、千野が問うような視線を向けてきた。少し不安げな瞳もいい。

「可愛い……」

ニッと笑えば、

「なん⁉　おまえは……馬鹿め」

千野は赤くなって目を逸らした。渋面を作ると千野の顔はさらに幼くなる。だから怒らせたくなるのかもしれない。

「おまえさ、無理なら……無理しないで途中でやめてもいいんだぞ?」

顔を背けたまま千野はそう言った。

「は?」

いきなりなにを言い出したのか、意味がわからず千野を見つめる。まさか、ヤバイという言葉を、無理だという意味に取られたのか?　それを可愛い、でごまかした、とか?

そんな深読みをせずにいられないほど、異性愛者に対する不信感があるのか。ヤバイという言葉は意味が広すぎていけない。

「千野さん……人の素直な感想を裏読みしないでくれます?　俺は、こんななのに」

千野の手を自分の股間に導いた。きっと言葉よりも伝わるだろう。

布地越しでも触られると吐息が漏れた。千野の指が形をなぞるように動き、そのいやらしい指使いにゾクッとする。

「よかった……」

千野は安堵の笑みを浮かべ、さらに手を動かしてそれを育てる。

「これ、もっと大きくなる?」

上目遣いに問いかけられ、それだけで硬度も容積も増す。ズボンの拘束がきついほどだ。

「大きいの、好きですか？」

暴発は免れたくて、自分を落ち着けるために、からかうように問いかけた。途端に千野は、

「は？　いや、そういうわけじゃ……ねえけど」

と正気に戻ってしまった。恥じらうのも可愛いが、今はちょっと失敗だった。

「千野さん次第です。もっと……大きくしてください」

体を寄せて耳元に囁《ささや》き、千野の手に己《おのれ》の股間を擦りつけた。千野は聡のズボンの前を開き、下着の上からそれを摑んだ。

「もうだいぶ大き……」

「千野さんのも、でしょ？」

聡も千野のズボンの前を開いて、一気に下着の中へ手を突っ込んだ。もう充分湿っている。触れたものは硬くて熱かった。

「あ……ん、ん、触って……」

千野は己の腰を揺らしながら、聡のものも器用に弄る。

いやらしくて可愛くて困る。巧いのが嬉しいようで悔しい。どうしてもあの男を思い出してしまう。

千野のものを少しきつめに握って扱《しご》いた。急に乱暴に扱われて、千野は息を呑み、それか

ら断続的に大きな声を上げた。

「あ、あ、あ、聡……や、あ、あぁ……んっ」

どうやら乱暴にされるのは嫌いではないらしい。そんなことにもあの最悪男の影を見つけてしまって、胸の中に黒い想いが込み上げる。でも、絶対に負けない。

「千野さん……好きです」

告げた瞬間に千野の手が止まった。

「好きです。俺は……あなたが好きです」

あの男が絶対に言わなそうで、今一番言いたい言葉を口にする。千野の中にあの男の影が残っていても、それに負ける気はない。それすらも愛して、塗り替えてみせる。

全部、自分色に。

「聡……。クソ、まいったな……。最中に言われると、こんなにクるのか……。あぁ……もう、入れてくれ」

千野は困ったように笑って、聡のものを下着の中から取り出した。その先端を撫でながら濡れた幹を擦り、力強く立ち上がったものを愛《いと》おしそうに愛《め》でる。

「中に、これが欲しい……」

ねだられて、ピクッとそれが反応する。

「ああ、もう……」

そんなことをそんな顔で言われてはたまらない。もっとじっくり体の隅々まで触れてからにしたかったのだが、焦《じ》らすなんてできっこない。

千野のズボンと下着を剝ぎ取る。男のものに直《じか》に触れるのは初めてだったが、躊躇《ちゅうちょ》はなかった。千野の体格に比べれば立派なものをくちゅくちゅと扱き、反対の手を後ろへ、指を谷間に這わせる。固く締まった蕾《つぼみ》は、本人の意志とは裏腹に侵入を固く拒んでいた。しかし、濡らした指を少し強引にねじ込めば、中は熱く柔らかく迎えてくれる。

「千野さん、痛くない?」

加減がわからず問いかける。

「ん、平気……だから、指より、もっとおっきいの……」

ああ、脳が爆発する。理性や気遣いやそういうものが吹っ飛んで、脳が出すべき指令を下半身が代行する。もっと濡らすべきだとか緩めるべきだとか、知識として入れていたことも飛んでしまった。

「ごめん、千野さ……んっ……」

言葉だけ謝って、自分のいきり立ったものをやや強引に千野の中にねじ込んだ。

「あ、あぁぁ……っ」

千野は辛そうに眉間にしわを寄せたが、深く結びつくにつれて頬は上気し、口元が緩んで、気持ちよさそう……に見えた。千野の中も誘うように絡みついてきて、抗わず奥へと入る。

「あぁ……、千野さんの中……すごく、いい」

気持ちいいと伝える。

「そ、そりゃ……よかった」

千野の笑みはあきらかにホッとしていた。もしかしたらまだ、聡はストレートだから男の中に入れたら覚めるのでは、などと疑っていたのかもしれない。

しかし、そんなことを考える必要がないのはすぐにわかるはずだ。口で言う必要はない。

それでも千野の様子を窺いつつ動いていたのだが、

「もっと動いていい……おまえで、熱くしてっ」

などと言われては、なけなしの理性も気遣いも完全に崩壊した。

深く突き、引いてはさらに突く。きつく柔らかく包み込まれ、どうしようもなく気持ちよくて、むさぼる。

「あっ、んっ！　すご……いっ、んんっ！　待っ、あ……ぁ……」

乱れる千野を抱きしめ、その肌に歯を立て、舐める。自分の中の獰猛《どうもう》な衝動をどう抑え込めばいいのかわからなかった。

もっと欲しい。もっと熱く溶け合いたい。

激しく擦れば、千野が自分の中に溶けていく。いや、自分が千野の中に溶けるのか。

「千野、さん、……気持ち、い？」

かすれた声で問いかける。

「ん、ん、すごくいい……、聡、もっとして」

甘えるように腕が絡みついてきて、愛おしさが胸から溢れ出した。熱いものや温かいものが込み上げてきて、胸に巣くっていた黒い感情を浄化した。

「いくらでも欲しがって……俺が、持ってるものは全部、あげる……」

「あ、じゃ……中に、おまえを……、くれ、熱いのっ」

完全に理性を失っている千野は、思うまま直接的な欲求をぶつけてくる。

「俺も、そうしたいと……思ってた、ところですっ」

激しく突き上げながら答える。

千野の中で果てたい。でも、できれば千野も一緒に。

貫きながら、千野の少しも萎《な》えていないものを手の中に包み込み、扱く。

「あ、やっ、それは……あ、あ、ダメ……っ」

「後ろだけでイけるの？」

「違……おまえだけでい……、俺は後でいい、から……」

「一緒にイきましょう」

「ダ、ダメ……だって、どっちもはおかしくなるっ。感じすぎて……あ、あ、イヤッ……」

千野はブンブンと首を横に振り、聡の手を止めようとする。もっとおかしくなってほしくて、胸も摘《つま》んでみた。

「ひっ！」

千野は背をのけぞらせ、体がビクンビクンと震える。しかしイッたわけではない。感じすぎるというのは本当のようだ。

「バカ、やろ……」

涙目で睨まれても可愛いだけ。もっといじめたくなるが、それはまた今度にする。

「いきますよ、千野さん……」

千野の足首を持って、自分を激しく突き立てる。そのまま前傾してキスをしながら、千野のものを握り、擦る。

「や、ンッ！　ハァ……アッ……アアッ！　聡……ダメ、俺イッちゃ……いっちゃう！」

千野が体をビクッと硬直させると、聡を包む襞《ひだ》もキュウッと収縮して爆発を促す。

「ハ、ゥッ――」

こらえることなどできず、千野の奥深くに熱い欲望を吐き出した。

「ン、あ、あ……」

体を痙攣《けいれん》させ、徐々に力を抜いていく千野の腹や胸にも白いものが散っていて、嬉しくなった。

千野に口づけ、指でそれを掬《すく》って赤い胸の粒に塗りつければ、弛緩《しかん》していた体がピクッと跳ねた。

「聡、ちょっ……」

人差し指と親指で摘んでグリグリとこねる。

「ヤッ……、あ！　ま、待って、ちょっと……」

「待ちません。まだいけるでしょ？」

「いけるけど、もう少しゆっくり……」

「善処します」

一度イッたくらいでは全然治まらない。それどころか、もっとしたいもっと欲しいという欲求がとめどなく込み上げてくる。

千野を抱けたことが未だ夢みたいで、もっと実感が欲しいのかもしれない。抱いてもいいのだと確認したい。もう一度。いや何度でも。

わがままが暴走する。

いつもなら相手の願いを優先させ、自分の意に沿わなくても、笑顔で「うん、いいよ」と言えた。嫌われたくない臆病さもあるが、押し通したい程の欲も持っていなかった。

本気というのは厄介だ。すごく大事にしたいのに、恐ろしいほどのエゴが湧き起こって相手に襲いかかる。経験を積めば余裕も出てくるのかもしれないけど、今は無理だ。

「ごめん、やっぱ止まんない……」

ベッドに移動したものの、ゆっくりナイフとフォークで味わう余裕はまだなかった。手づかみでガツガツいきたい。いつからこんなにも飢えていたのか……。

「しょうがねえな……。でも、いい子じゃないおまえも、わりといいぞ」

千野はふわっと笑って、聡を自分の胸に抱き寄せた。耳にキスされて、なんとかセーブしようという聡の努力は根こそぎ奪い取られた。

今のは絶対煽《あお》った。千野はやっぱり無理矢理な感じが嫌いではないのだろう。それなら喜んで煽られてやる。若さを舐めてもらっては困る。

「千野さん、やっぱり俺、狼なのかも」

喰《く》らいつくように口づけた。

羊の皮を被ったのはたぶん母親に捨てられた時。物心ついたばかりで記憶にもないけど。なにかを強く欲することをやめてしまった。

いつもいい子でいようとして、でもそれは簡単ではなくて、家の中では時々溜め込んだ感情を爆発させていた。そうすると梓は、おろおろと困るくせにどこかホッとした顔になる。

わがままになっていいと言われた。そう言う人間は、思い返せば自分のことを好きだと言ってくれた人たちばかりだ。なにか隠しているように感じてもどかしかったのだろう。

「いつも狼はやめてくれよ……」

だけど千野は反対のことを言う。千野にだけはなぜか、最初から前のめりだった。それがどんどんエスカレートして、今は自分を止めるのもままならない。無理をしなくてもごく自然にそうなる。運命の人、なんて……意外に自分もロマンチストだ。

聡は千野の前髪を梳《す》き上げ、目を細めて見つめる。

「ありがとう、千野さん」

「は？」

「俺を解放してくれて……受け入れてくれて」

「なに言ってんの、おまえ」

千野は訳がわからないという顔をする。わからなくてかまわない。

「ああ、そういえば……狼って食いだめができるらしいですよ」

うろ覚えの狼の生態を口にする。子供の頃、好んで見ていた動物図鑑。狼のところは繰り返し見ていたのでわりと覚えている。一夫一婦制で生涯同じつがいだというのが羨ましかったのだ。十数年経《た》って、自分が狼だと言われるとは思ってもいなかったが、ちょっと嬉しい。

「だからなに言ってんだよ……おいっ」

再びキスをして、口の中を愛撫《あいぶ》すれば千野はおとなしくなる。次第に積極的に舌を絡めてきて、その手で髪をくしゃくしゃに掻き乱される。唇を離すと、千野はとろんとした目で扇情的に微笑んだ。

「今日は特別だ。……満腹になるまで、させてやるよ」

歳上の人は、そう許可を与えて、自分からキスを仕掛ける。

千野の体を濡らしているのが、汗か体液か唾液《だえき》か……わからなくなるまで抱き合い、交わって、舐め尽くした。

獣のように本能のまま、欲するままに穿《うが》ち、腰を振り、自分の遺伝子を注ぎ込む。

この時間が永遠に続けばいい、終わりたくないと切に願った。

飢え続け、満たされ続け、しかし満腹感はなかなか訪れない。

「聡……もういい加減に……壊れる、からっ」

何度目かの絶頂を迎え、千野が音を上げた。しょうがないから、これで最後にすると約束して、対面座位で千野を抱えて繋がる。そのままぎゅっと抱きしめた。

「千野さん……千野さん……」

じりじりと腰を動かして、じわじわと小さな快感を長引かせる。激しく抱きたい衝動が落ち着くと、ただただくっついて抱きしめていられれば、それで幸せだった。

「聡……なあ……名前を呼んでくれよ。下の名前……隆一、て……」

千野にねだられれば喜びが込み上げる。甘えられれば嬉しい。

「隆一……呼びたいけどなんか、今は複雑な気分に……なっちゃうんですけど」

隆一と呼ぶたびにちらつきそうだ。思い出したくもない男の顔が。

「嫌か？　あいつだけじゃないぞ、俺を隆一って呼ぶのは……ダメか？」

少し高い目線から潤んだ瞳が問いかけてくる。不安そうな顔が凶悪に可愛くて、せがまればなんでも言うことを聞いてやりたくなる。

「ダメじゃないけど……。じゃあ、隆一さん、隆……隆さん？　あ、隆ちゃん！　うん、隆ちゃんがいい」

「は、はあ⁉」

千野が思いっきり引いた。可愛かった顔が一気に現実に戻って、眉を顰める。千野はものすごく嫌そうだが、聡はすっかり気に入ってしまって、取り下げる気になれなかった。

「隆ちゃん」

瞳を覗き込んで甘く名前を呼ぶ。愛しくてならない、そんな気持ちが自然に呼び名に乗る。

「な、な、てめ……ざっけんな」

千野は耳まで真っ赤になって、聡の肩を押して離れようとする。が、消耗しきった腕の力では、聡の腕の中から逃れることはできなかった。

「ぴったりですよ？　普段の千野さんは尊敬できるし格好いいし、千野さんって感じだけど、抱いてる時は隆ちゃんって感じ」

「ふ、ふざけるな！　なんの、嫌がらせだ……なんだ隆ちゃんって。そんなの呼ばれたことないし、呼ばせねえ」

千野は顔を見られるのを嫌がって、背を丸めて顔を伏せた。

「嫌がらせなんてとんでもない。俺だけなんて……もう決まりですね。隆ちゃん。気持ちいい？　隆ちゃん」

細腰をしっかり摑み、腰をグラインドさせて突き上げる。

「や、あ、んん……」

千野の中がうごめいて、枯れたはずの衝動が息を吹き返す。

「隆ちゃん、可愛い」

「てめ、殺すぞ……」

茶化せばキッと睨まれた。しかしこれはヤバイ。潤んだ目も、上がった息も、なんて可愛い脅迫なのか。

「いいよ。隆ちゃんにになら……千野さんになら、俺はなにをされてもいい」

半ば本気で言った。きっと殺されても幸せでいられる。だけどできれば生きて、幸せにしたい。想いを込めてじっと見つめれば、千野は小さく舌打ちした。

「やっと……、仕事覚えて使えるようになってきたんだ。殺さねえよ、もったいない」

「気持ちいいこともっといっぱいしたいし……でしょ？」

押し倒し、上から見下ろす。繫がっていた部分が外れそうになってギュッと押し込めば、千野はしがみついてきた。

「もうヤだ、おまえ……。歳下のくせに、生意気で……真面目で、獣で……」

聡の肩に顔を埋《うず》めた千野は、ブツブツ文句を言ってから、そっと吐き出した。

「好きだ……」

千野の告白は熱い吐息となって聡の左胸に触れ、全身をじんわりと温かく満たしていく。

たった一言で心は満腹になった。けれど――。

「隆ちゃん……終われなくなっちゃったよ」

体がまた活性化してしまった。燃料が注入され、千野の中に埋めていたものが力を取り戻す。

「はあ？　もう終わりって言った――」

「ごめんね、歳下なんで……許してください」

口では甘えながら、体では攻めて、わがままの限りを尽くす。

結局甘えているのだけど、千野は渋い顔をして、すべてを受け入れてくれた。


「落ち着いたか？」

擦り切れるほど抱いて、さすがに体力が尽きた。

「まあ、少しだけ」

多分に強がりだ。

「あれだけして、少しかよ⁉　若さってこえー」

千野はぐったりとシーツに突っ伏して、ぼそぼそと文句を言う。

「若さのせいだけじゃないですよ。煽る人がいるから……」

「はあ？　俺のせいってか」

「隆ちゃん可愛いから」

「だからその可愛いも隆ちゃんもやめろ。俺は煽ってねぇ」

ぐったりとしたその姿だって煽っているように聡には見える。むき出しの白い首筋が誘っている。実際、最中には千野の意識的か無意識かわからない痴態にかなり煽られた。

「もう物忘れですか？」

「くそ、てめぇ……」

若さを馬鹿にするくせに年寄り扱いすると怒る。まあそれも可愛いのだが。

「なあ、おまえ本当にいいのか……？」

千野が口調を改めて、真剣な様子で訊いた。

「なにがですか？」

「水本は絶対おとなしく引き下がったりしないぞ。人に馬鹿にされるのがなにより気に入らないんだ。常に人を見下げてないと気が済まない。本当に嫌な奴なんだ」

「よく付き合ってましたね、そんなのと」

「あの頃は……あいつしかいなかったんだよ。俺はグレまくってて、あいつは優等生で、接点なんて同じクラスだってことぐらいだったのに……言い当てられたんだ、男が好きなんだろ？　って。自分でも気づいたばかりで、すごく悩んでて……。だから、寝てみる？　って言葉に抗えなかった。救われた気分だったんだ。好きなんて一度も言われたことなかったけど、俺はのめり込んで……。二十歳になった時、あいつは突然、『遊びは二十歳までだ』って言って、俺のことを切った。それっきりだ」

千野の気持ちはなんとなくわかった。他の男のことなんて聞きたくないけど、千野のことは知りたい。理解したい。

「後悔、したのかもしれませんね。千野さんを捨てたこと」

千野を抱いてますますそう思う。水本の気持ちなんてわかりたくもないけど。

「違う。俺のことをたまたま耳にして、退屈しのぎにちょうどいいとちょっかい出したら、断られてムキになったんだろ。服従させる材料を探して、俺にそれがないとわかると、おまえに目をつけた。人の弱点を見抜くのが本当に巧い奴なんだ。それだけは感心する」

「経営者には向いてるんですかね、そういうの」

人の心の奥を見抜く人といえば、黒崎や前田を思い出す。大成する要素の一つなのかもしれないが、水本はどうだろう。使い方を間違っているような気がする。

「まあ、今は順調みたいだけど、長続きはしないだろう、少なくともあのレストランは」

「ああ……ですね。千野さんがシェフになれば話は別でしょうけど。もしかしてそれも狙ってたとか。店をやるって言われてましたよね？」

軽い調子で言っていたが、本気だったのかもしれない。

「いらねえよ、あんな無駄に広い店。弱点を見抜くのは鋭いのに、人がなに欲しがってるのかは全然わかってねえんだ。自分が欲しいものを他人も欲しがると思ってる」

「俺、なにも持ってないガキだって、あの人には言われたけど、千野さんが一番欲しがってるものはあげられる気がします。……俺も、間違ってる？」

横を向いて、千野の顔をじっと見つめる。うつぶせの千野はシーツを見つめていて、こちらを見ようとしない。

「やっぱおまえ、生意気……」

否定しないのは肯定しているということだ、千野の場合。

柔らかな髪に触れ、そっと口づける。千野は身動きもせずにそれを受け入れた。

「でも……本当に、いいのか？　おまえも……おまえの親も」

「まだ言いますか。うちの親の意見は、聞いたでしょ？　特に黒崎さんは、バラされなかった方が怒ると思う。俺も、もうなに言われてもどうってことないし。千野さんがそばにいてくれるなら、俺はゲイを全肯定します。世界と闘います」

気が大きくなっているのは否めないが、自信があった。根拠はないけど、土台はある。

「……俺は、小さな幸せでいいんだ。お日様が差して、風が吹いて、料理があって……おまえがいたら、それでいい」

そういうことをシーツに向かって言わないでほしいのだが。

「そんな千野さんが好きだけど、そういうのが煽ってるっていうんですよ？」

「は？　煽ってねえよ」

睨む時ばかりこっちを見るのだ。

さすがにもう、もう一回という体力はないけれど、抱きしめる腕の力は別腹だ。もう食べられなくても、不思議と手が伸びる。

好きな人を抱きしめて眠る。これ以上の幸せなんてないのかもしれない。

十一

目が覚めると腕の中に千野はいなかった。残念すぎる。幸せは長く続かない。

「なんで先に起きてるんですか。俺が起きるまで待っててくれても……ていうか起こしてください よ」

千野はキッチンにいた。美味しそうな匂いがして、たぶんこれで目が覚めたのだろう。

「わざわざ店から食材持ってきて朝飯作ってやってんのに、ぐだぐだ言ってんじゃねえ」

千野はいつもの調子で文句を言うが、片手でフライパンを振りながら、だるそうに腰に手をやっている。

「つらいならもっと寝ててください。俺がやりますから……」

「うっせ。おまえの飯なんか食えるか。ていうか、服着ろよ。そこにあるから」

とりあえず下だけ穿《は》いて千野の背後に立ち、つらそうな腰を支えるように腕を回せば、千野はピキッと固まった。顔を覗き込めば、背けられる。白い首筋がほんのり赤くなるのが、色っぽくてそそられる。

「もしかして、恥ずかしいんですか?」

初めての朝を迎えた乙女のごとき反応だ。男と適当に遊んできた人のはずなのに。

「違う。俺は甘いのとかいちゃいちゃとか、苦手なんだよ。したことねえし」

「ああ、遊んでばっかりだったから?」

「うるせえな……」

なんだか嬉しくなる。今まで千野とこういう朝を迎えた人はいないのだ。そうと知っては、いちゃいちゃせずにいられない。

「じゃあ、たくさんいちゃいちゃして慣れてもらいます」

がっちり腕を回して逃げられなくする。髪に、首筋に口づければ、千野がじたばたと暴れはじめた。

「あ、危ねえな、火ぃ使ってるんだぞ!」

「千野さんの料理は魅力的だけど……」

ガスコンロの火を止め、フライパンを握っている千野の手を摑んで、聡は自分の方を向かせる。

「途中で止めたら味が変わっちま……」

抱きしめて口づければ、千野はすぐに力を抜いた。諦めた、という感じだ。

「おまえさ、いつもこんなことしてんの?」

唇を離すと、千野はコテッと聡の肩に額をつけ、訊《たず》ねた。

「ああ……したことないですね。俺も初めてです。嬉しいですか？」

「嬉しいって……」

「俺は嬉しいです。誰もこうやって、千野さんを抱きしめて甘やかしたことないんだって思ったら、嬉しい」

「甘やかされてるのか、俺……おまえに？」

千野は居心地悪そうにモゾモゾと体を動かしたが、無理に腕の中から出て行こうとはしなかった。

「歳下に甘やかされるのは不本意でしょうけど、大人の余裕で甘やかされてやってください」

嫌だと言っても甘やかす気満々だ。それを感じ取ったのか、千野はモゾモゾをやめて、深々と溜息をついた。

「俺みたいな摩《す》れた男より、なんでもあなたが初めて、みたいな女の子がいいんじゃないのか？　おまえまだ若いんだし、ご両親だってその方が……」

「まだそんなこと言ってるんですか。いい加減諦めてよ。俺はあなたがいい……っていうか、あなたじゃないと心が動かないんだ。うちの親なんて、父はアレだし、母に意見されても聞く気はないし。まあ、誰が反対したって、燃えるだけですけどね」

「ハア……。なんか、前途ある若者をたぶらかしちゃった……みたいな罪悪感があるんだよ。

十も歳上の俺としては」

「え、俺たぶらかされてたんですか？　全然記憶にないので、今からたぶらかしてみてください」

Ｔシャツの上から胸を撫でれば、乳首はまだ立っていた。ピクッと肩が揺れて、そこを重点的に撫で回す。

「やめ、ろ……」

「ねえ、隆ちゃん」

「だから隆ちゃん言うなっつってんだろ！」

殴りかかってくる千野の手首を取り、キスをする。抱きしめて存分にいちゃいちゃしていると、携帯電話の着信音に邪魔された。

「おまえのだ、出ろよ」

無視する気だったのだが、千野に言われて、聡は渋々ズボンのポケットから携帯電話を取り出した。ディスプレイの黒崎の名を見て溜息をつく。

「朝っぱらからなんなの？」

声は自然に不機嫌になった。

『朝？　もう昼だぞ。それよりおまえ、パソコンあるか？　開いてみろよ、面白いぞ』

「パソコン？」

千野に目で問えば、人差し指で×が作られる。

「あー、ここにはないから、かけ直《た》す」

店に行き、事務室のパソコンを起ち上げる。千野はパソコンが苦手で、いつも帳簿をつけながら唸《うな》っている。近いうちにその作業は聡がすることになるだろう。パソコンをインターネットに繋いだのも聡だった。

「黒崎さん、どこを開けばいいの？」

電話を掛けて問いかける。複数の掲示板などに「イケメンミステリー作家の夜峰祐《よみねたすく》はゲイだった！」と、センセーショナルな文字が躍っていた。

「おー、出てる出てる。仕事早いなあ。モヤモヤして一晩過ごしたんだと思ったら、いい気味だけど」

「なに暢気《のんき》なこと言ってんだよ。申し訳ない……って、謝ってくれ」

千野は画面を見て本当に申し訳ないという顔をしている。神妙になるべきなのだろうし、少し前なら「またか……」とすごく落ち込んでいたはずだが、今は笑い飛ばせる。

人を好きになって強くなった——というより、気にならなくなった。こんなことで未来は閉ざされたりしない。

「いらないと思うけど……。黒崎さん、なんか大変？　謝ってくれって言われてるんだけど」

『なにを謝る？　俺はすごく楽しい。自分で書き込みをしようかと思ったくらいだ。彼氏はすごく素敵な人らしい、とかな。まあ、会社員の梓はこれから大変かもしれないけど』

予想通り黒崎は浮かれていた。確かに、ほぼ家に引きこもっている黒崎や、学生の聡より、会社という組織に属している梓の方がいろいろと弊害も大きいだろう。

と思ったら、電話から梓の声が聞こえてきた。

『気にすることないぞ。俺もいろいろ言い訳するの面倒になってたんだ。いっそすっきりした。人に嘘をつくのは苦しいからな……。出世する気もないし、担当作家は変な人ばっかりだし。聡が俺のことを嫌いだって言わないんなら、他の誰になにを言われようともかまわない』

いつもなんでも聡が優先。聡の幸せが優先。これはもうずっと変わらなかった。それに甘えていたつもりはなく、それどころか自分が梓の面倒を見てやってるくらいのつもりでいたのだが、やはり甘えていたのだろう。

やっと対等なところに立てた気がする。もちろん金銭的にはまだ世話になるばかりなのだが。

「ありがとう、父さん。今までいろいろ言って傷つけてごめんね。俺も二人が幸せなら、なにも問題はないよ」

『聡……。おまえが家に戻ってきてくれると、父さんはより幸せになれるんだけどな』

「それはごめん。俺、父さんより大事な人ができちゃったから。黒崎さんで我慢して」

さらっと言ってみれば、隣で千野が息を呑んだ。そして電話の向こうも一瞬静かになった。

『……は？　父さんを捨てるのか⁉』

嘆きが聞こえてきて、そう来るか、と笑ってしまう。

「捨てないから。父さんたちは俺の目標なんだ、ずっと幸せでいてください」

『それは請け負ってやる。けど、まあ……いつか家に連れておいで』

梓は父親の声で言った。

「わかった、楽しみにしてて。愛してるよ、父さん」

『え？　え⁉　聡、もう一回言っ――』

梓が騒いでいる途中で電話を切った。

「よくもまあ、さらっとそういうこと言えるよな、おまえ……」

千野は呆れ顔だった。

「妬《や》きました？」

「父親に妬くかよ。でも……羨ましいな、そういう親子関係」

「俺も自分がすごく恵まれてる気がしてきました。ずっと不幸だと思ってたんですけど……。俺はレアケースを見て育ったレアな男なので、千野さんにレアな幸せを教えてあげられますよ、たぶん」

「おまえ、基本的に能天気なのか？」

「初めて言われたけど……千野さんと一緒にいられたら、ずっと能天気でいられるかも。あでも、執着と独占欲は強いから……そのつもりで」

「他の奴と遊ぶ体力も性欲も、おまえに吸い取られて残ってねえよ。それに……おまえの説は正しかった。好きな奴とするのが一番いい。たとえテクはなくてもな」

千野がニヤリと笑って言った。なにかの意趣返しのつもりかもしれないが、聞き捨てならない。

「ふーん。わかりました。これからいろいろと研究してテクを磨きます、もちろん千野さんの体で」

「あ?」

「俺は真面目で研究熱心で、若くてしつっこいですから。覚悟してください」

「しつっこいのは、もうなんか、よくわかった」

「料理も……いつか認めてもらうように頑張ります。千野さんも隆ちゃんも、末永くよろしくお願いします」

「隆ちゃん言うな!」

まずはその唇を奪い、濃厚なキスの研究から始めた。

「水本、離婚したらしいぞ。奥さんに好きな男ができたんだって」

騒動から一ヶ月が過ぎた頃、千野が言った。

「へえ、そうなんですか。まあ、よかった……のかな」

水本が不幸になるのは大歓迎だが、子供の気持ちを思うと少し複雑だった。子供にとって離婚が必ずしも不幸に繋がるとは限らないことは知っているが、両親と幸せに暮らせるならそれが一番なのは確かだ。

「あんな男といつまでも一緒にいるよりいいさ。次の男は優しくて子供好きらしいし」

「なんで次の男が子供好きとか知ってるんですか？」

「偶然、俺の友達なんだよ、次の男。とても気持ちのいい奴だよ」

「……なんかしました？」

「してねえよ。偶然だって。ま、人の心を無視して思い通りにしようとする奴には、当然の報いだよな。たいしたダメージにはなってないかもしれないけど」

千野はにっこり笑ったが、目が笑っていないことに聡は気づいた。実はものすごく怒っていたようなのだ。これが報復だったとしても驚かない。

黒崎がゲイだという噂が広がった時、聡もマスコミに追いかけられたのだが、笑って対応していたら、なぜか店に女性客が増えた。それで水本は、千野の店の料理は不味いだの、変なものが入っているだのと誹謗中傷を始めたのだが、それは前田がテレビで一言、「あの店は美味い」と言ったことで収まった。

　前田を店に呼んだのは聡だ。自分はまだなんの力も持っていないから、持っている人脈を利用した。前田は忙しい合間に来てくれて、千野の料理を絶賛し、ついでに千野を見て「可愛いね」を連発し、聡は黒崎の気持ちを理解した。

　前田は元より水本のことが気に入らなかったらしい。「外観ばかり洒落ていて不味い店」とはやっぱり水本の店のことだった。

　ＶＥＮＴＯは今やすっかり繁盛店で、満席になることも少なくなかった。それは聡も嬉しいのだが、従業員を増やさなくてはならなくなったのは少し不満だった。もちろん追加人員は、千野待望のおばちゃんだ。恋のライバルにはならないのがせめてもの救い。

「麺のゆで加減はまあまあ。だが、塩が足りない。そんでソースはメインのマッコの味がチーズに負けて消えてる。まあ不味くはないが……まだ下僕だな」

　二人きりの昼下がり。日の当たる明るい席で、まかないに作ったオリジナルレシピのパスタを千野にこき下ろされる。

　なにをやってもそこそこできて、優等生街道を歩いてきた聡は、こき下ろされることに慣れていない。歯に衣《きぬ》着せぬ千野の評価に落ち込むが、食べてみれば確かに千野の言う通りだった。

「なあ、金が貯まったら、イタリアに行こうか」

千野が窓の外を見ながら言った。

「え、二人で⁉」

沈んでいたテンションが一気に浮上する。

「いや、よかったら……おまえのお父さんたちも一緒に」

「うわぁ、それってなんかすごい光景かも。……でも、人がどう見ようと関係ないか。俺は千野さんが笑ってくれたらそれでいいです。でも、夜は隆ちゃんと二人部屋でお願いします」

「だから隆ちゃんって——」

「言いますよ。ずーっと。一途でしつこいのは遺伝なんです。二人の父親の」

血の繋がりとか世間体とか、そういうものは幸せとはあまり関わりがないらしい。なにを大事に思うかはひとりひとり違うから、幸せになる方法もひとりひとり違う。

素材の味を活《い》かしたオリジナルレシピ作りは千野の方が巧いけど、人生のそれなら自分の方が巧い、ような気がする。

いや、これは二人で作っていくものなのだろう。それを一緒に作る相手がいるということが、一番の幸せなのかもしれない。

もっと近づきたくて隣の椅子に移動したけど、千野は甘くなかった。

「言っとくけど、おまえまだ試用期間だからな」

腕を組み、顎を上げて見下ろそうとするが、目線はそれでも聡が高い。

「は？　それってどっちが？　従業員として？　恋人として？」

「どっちもだ」

「えー。本採用になったら、なんか変わるんですか？」

「うん。時給が五十円上がる」

偉そうに言うわりには値上げ幅は微妙だ。

「それと？」

「……ちゃん付けで呼ぶ許可が、下りる……かもしれない」

こっちに関してはまったく気が進まないようで、声も小さくなって曖昧《あいまい》な語尾まで付いていたが、千野が口にしたということはそのつもりがあるということだ。

「俄然《がぜん》、頑張ります」

千野の手をぎゅっと握る。聡としては許可が下りなくても呼び続けるつもりだし、時給が上がらなくても文句はないが、千野に認められたい。隣に堂々と立っていられる男になりたい。そのための努力は惜しまない。

「真面目で前途有望なガキですから、すぐですよ」

自信満々に言えるのは、一番の人が隣にいてくれるから。

「ゆっくりでいい。先は長いんだろ？」

「Sì、隆ちゃん」

肩を抱き寄せ、柔らかな髪に口づける。

「だから隆ちゃんって呼ぶな！　……まだ、な」

本採用になるまでこのやり取りは続くのだろう。

聡の幸せは、そんななんでもないやり取りの中にあった。

おまけレシピ

明るい太陽と海を求めて、ブーツの形をした半島を南へ、爪先《つまさき》の方へと向かった。

千野《ちの》にとってイタリアは、明るい日差しと大好きな食べ物がある国だった。陽気な人々との交流を求めたわけではなく、眩《まぶ》しいところで美味《おい》しいものを食べていれば、胸の中にある重苦しい痛みも薄れるような気がしたのだ。

チーズが香ばしいミラノのカツレツに始まり、ジェノベーゼ、トリッパ、ヴォンゴレ、マルゲリータ……どこに行ってなにを食べても美味しくて、夢のような国だと思った。

だけど、日差しが強くなればなるほど、闇は濃くなるものらしい。爪先の先、地中海に浮かぶ三角形の島には、目も眩《くら》むような太陽とのどかな風景、そして退廃の空気が漂っていた。

それは、恋人だと思っていた男に捨てられた男には、あまりにも同調しやすい空気だった。透きとおるような海と空、その境目をぼんやり見つめていると、もうここはこの世ではないのでは、と思えてきた。ここで朽ちてもきっと誰も気に留めない……そんな気がした。強い日差しが作り出す濃い影に、心まで呑《の》み込まれていく。

『遊びは二十歳《はたち》までと決めていた。おまえとはこれで終わりだ』

業務連絡のようにそう告げられた。突然の解雇通告に驚き、嘆きながら、水本《みずもと》がいかにも言いそうなことだ、と思う冷静な自分もいた。水本は優等生だったが、真面目《まじめ》とは違う。グレていた千野より、もっとたちの悪い男だった。

ゲイだということに負い目のある千野が、唯一の理解者である自分から離れていかないことを知っていて、女とも適当に遊んでいた。それでも千野は一番長く続いている自分が恋人なのだと思っていた。思いたかった、というのが正しいかもしれない。

結局、水本にとってはすべてが遊びだったのだ。

当てつけでグレるなんて時間の無駄遣いだからやめろ、と言われて、親や周囲の人間に期待している自分に気づかされた。自分の人生は自分で作るものだと言われて、調理師専門学校に進んだ。感謝している部分もある。嫌な男だが、自分には必要な人だった。

しかし、水本の人生に自分は必要ではなかった。いや、邪魔になると判断したのだろう。実際一度も好きだと言われたことはなかった。ただ寝ていただけの関係。それでも、心のどこかで期待していたのだ、水本にも自分が必要なのだ、と——。

自分なんて誰にも必要とされるわけがないのに……懲《こ》りもせず期待して、やっぱり得られなくて、胸の中にあるのは虚無感だけだった。自分は空っぽで、なにもない。ここでのたれ死んでも悲しむ人はいない。

桟橋の上に寝転がって、このまま朽ちていけたらいいと思った。

「でもさ、人は簡単には死ねねえんだよ。熱中症で死ねるかなあとか思ったんだけど、風が吹いて、いい匂いがして、あぁこれ食いたいって思ったら歩き出してた」

「料理に生かされたわけですか。千野さんらしいですね」

寝物語にイタリアでのことが聞きたいと聡《さとし》が言うからしょうがなく話した。経緯についてはあまり思い出したくなかったが、そこを話さないと始められなくて、自分の髪を撫《な》でる聡の手に勇気づけられながら、少しずつ話した。この手は、自分を必要としてくれる手だ。

水本はもう遠い過去の人。料理人を志すきっかけにはなったが、それだけだ。未練なんて微塵《みじん》も感じなかった。そんな自分が嬉しかった。だから抱かれるのは苦痛でしかなかった。

「生きるってのは食べることだ。美味しいものを作るってことは、人の生きる力を作ってるようなもんだ。料理ってのはすげーんだよ」

偉そうに言って、目の前にある聡の胸をかじる。

「痛い。俺を食う気ですか」

聡は笑って、千野の頭を遠ざけるどころか引き寄せた。

「硬くて食えねえよ」

密着した肌は情事の後で汗ばんでいて、いい匂いがした。食べてしまうのはもったいない。

「シチリアの小さな食堂で、俺は生きる力をもらった。貧民街みたいな寂《さび》れた街の中で、そこだけ活気に溢《あふ》れていて、おばちゃんは元気で店ん中も人でいっぱいで、みんな嬉しそうに美味しそうに食べてた。そこにいるだけで笑顔になった」

家族経営の小さな店は、母親よりもっと歳上《としうえ》のおばちゃんと息子二人で切り盛りしていた。客は多くてもギリギリまで価格を安くしているため、利益なんてほとんど出ていなかった。

「働かせてくれって頼んだんだ。飯を食わせてもらえたら、賃金はいらないからって」

「お金、持ってたんですか？」

「ちょっとはな。飯さえ食えれば他に使うこともないし。野宿でもいいかって」

「野宿って危ないんじゃないですか？」

「うん。外で寝るって言ったら、馬鹿かって店の裏の倉庫を貸してくれた。しばらくしたら家に泊めてくれるようになった。俺の命の恩人で、初めて家族ってもんを感じさせてくれた人たちだった」

「それは……俺も会いたいですね」

「ああ。連れてってやるよ、いつか……」

そこにいると、失恋なんかで世を儚《はかな》んでいる自分が馬鹿らしく思えた。食べるのに必死、生きるのに……生かすのに必死な人たち。人と繋《つな》がることで死にたい気持ちは減っていったが、なにもしてやれない無力感は増した。自分にできるのは、美味しい料理を作ることだけ。それを食べた一瞬だけでも笑顔になってほしいと願って作っていた。

「日本にいると忘れちまう。小さな幸せがすっごく大事だってこと。ちょっと俺、魂《たましい》入れ直す！」

じっとしていられなくなって聡の腕の中から抜け出した。

「え？　ちょ、千野さん？」

以前は部屋にはあまり食材を置いていなかった。なにか食べたくなったら、店に行くかコンビニに行くかしていた。聡が泊まるようになって、店からだいぶ食材を移動させた。

美味しい朝飯を食わせてやりたくて。

Tシャツだけを頭から被り、流し台の上にセモリナ粉、卵、オリーブオイルをのせた。

「まさか、今からパスタ作る気？」

「俺の味をおまえに食わせてやる」

「食ってますけどね。……そんな体力が残ってたなんて……俺としたことが。不覚です」

ベッドの上に半身を起こし、聡は呆《あき》れ顔で笑った。

確かについさっきまで体力は尽き果てたと思っていた。でも、幸せな疲れは回復も早いようだ。それに、あそこでのことを思い出すと自然に元気が出る。

「シチリアのあの店にはあの店の味があって、それを求めて人が集まってきた。俺も俺の味が作りたくなって、いろんな店で修業した。そろそろ日本に帰ろうかと思ってた時に父親が死んだって連絡があって……びっくりしたよ。俺は一度も酒を酌《く》み交わすことはできなかった。まあ、生きててもなかっただろうけど。……聡、これこねろ」

感傷的になったのがなんだか恥ずかしくて、ひとつにまとめあげた生地をさらにこねるよう聡に指示した。

聡は苦笑しながらベッドから出てきて、全裸のまま隣に立って生地をこね始めた。

「こういう時には手伝わせてくれるんですね」

「客に出すわけじゃないからな」

「俺の味を食わせてやるって言ったくせに」

「力が入らないのはおまえのせいだから、おまえがこねるのは当然のことだ」

へりくつをこね回す。実際、作りはじめたはいいが、だるくて足腰に力が入らなかった。

「千野さん……もしかして誘ってます？」

聡が意味ありげな流し目を寄こしてくる。こういうエロい顔をした時は要注意だ。普段は真面目で物わかりもいいのに、途端に歯止めのきかない獣になる。

「は？　なぜそうなる。おまえが馬鹿みたいに何回も……するから力が入らねえんだろうが。歳の差を考えろよ、このタコぞうが」

聡から逃げるように背を向け、冷蔵庫の中を覗《のぞ》き込んだ。パスタソースの材料になりそうなものを物色していたのだが――。

「いや、どう考えても誘ってるでしょ」

無防備な腿《もも》の内側に手を入れられ、さらっと撫でられた。

「ひっ」

ビクッと反応して、その場にカクッとへたり込んでしまう。

「な、おま、なにしてんだよ！」

腰砕けになってしまったのが恥ずかしくて怒鳴りつける。ふにゃっと力が抜けてしまった。

「Tシャツの下からおしりがチラチラ……溜息《ためいき》つくのがエロいのなんのって。どうせ生地を寝かせてる間、暇でしょ？　体力が余ってるなら相手してください」

「余ってねえよっ」

「でも、感じちゃった？」

Tシャツの前をしぼって股間を隠している千野を、聡は上から楽しげに見下ろす。

「か、感じてねえ……」

「千野さん、弱いのは口の中だけじゃないですよね。全体的に敏感なんだ。乳首も、内腿も、ここも……」

屈《かが》んで手を伸ばしてきた聡の指が、尻の谷間をなぞる。さっきまで散々なぶられていた場所は、ほんの少し撫でられただけで体にゾクゾクッと震えがきた。

「おまえが触るから、だ……」

「こんな格好で目の前うろうろされて、触らないなんて無理です。ああここ、まだ俺ので汚れてる……」

指が尾てい骨の方へと滑って、背筋が反《そ》り返った。

「あ……」

思わず冷蔵庫に手を突いて、つるつるした表面に爪を立てた。もちろんなんの引っかかりもなく拳《こぶし》を握ることになる。

そんなところに汚れが残っているわけない。感じるところをなぞっているだけだ。

「生地はどれくらい寝かせるんですか？　冷蔵庫に入れます？」

冷静な声で訊《き》いてくるのが憎らしい。

「ラップでくるんで……冷蔵庫、三十分」

「三十分……もっと長くてもいい？」

「じゃあ寝かせない」

「じゃあ、ってなあに？　隆《りゅう》ちゃん」

「うっさい、今日はもうしねえったらしねえんだよ！」

「わかりました。じゃあ三十分、イチャイチャしましょう」

「は？」

聡は生地を冷蔵庫に入れると、戸惑う千野の腰に手を入れて強引に立たせた。ベッドへ移動するのは、他に座るところもないししょうがない。しかし寝かされると抵抗したくなる。

「さっきの話の続きを聞かせてください」

聡は千野の隣に横になりながら、起き上がろうとする千野を押さえつけた。まるで子供を寝かしつける時のように胸の上に手を置き、片肘《かたひじ》を立てて顔を覗き込む。

「帰国して、わりとすぐにオープンしてますよね？　お店」

話すのはかまわないのだが、それはあまり格好いい話ではなかった。

「ん？　ああ。死んだ父親が……なんに使うつもりだったのかしらねえけど、けっこうな額を貯め込んでて、遺産をもらったんだ。親らしいことはなにもしてもらえなかったけど、金の心配だけは死ぬまで……死んでもさせない親だったよ。愛情も全部、金に換算して清算してくれた。ありがたく使わせてもらって、あの店を建てたんだ」

親との楽しい思い出なんてなにもない。きれいで広い家の中に、いつも独りでいた。親はたまに帰ってきて、「元気か？」と訊き、「うん」と答える。それ以外の会話は記憶にない。大きくなってからは、親の顔を見るのは補導された時だけだった。

「父親の口癖は、人に迷惑をかけるな、で、母親は溜息。そんな家で育ったから……俺は家族が揉《も》めるっていうのもすごく羨《うらや》ましい。遺産相続すらまったく揉めなかった」

「俺の悩みが、幸せな悩みに思えた？」

聡の悩みは親がゲイだということだった。しかし、すべてがオープンになると開き直って、自分までゲイの仲間入りだ。振り幅の大きさは人間の大きさなのか。道を踏み外した悲愴感を聡もその親もまったく漂わせないから、こちらの罪悪感も少なくて助かっている。

「当人にとっては深刻な悩みだったんだろうけど。まあ、無いものねだりってやつだな」

「うん、すごく深刻だったんですけどね。もう解決したし、満たされてるし。無いものねだり、大歓迎です。俺があげられるものなら、なんでもあげるから、言ってください」

聡は家族をくれると言った。それは千野が一番欲しいと願い、同時に絶対に手に入れられないと諦めていたものでもあった。他に欲しいものなんてない。

「見返りはなんだ？」

素直になれなくてそんなことを訊いてしまう。

聡はクスクスと笑って、胸の上に置いていた手をじわっと動かした。指先が、胸の尖《とが》った先を撫でる。

「……っ」

油断していた体は大げさなほど反応してしまった。

「てめえ……」

「見返りなんていりません。ずっとそばにいてくれたら……。あーそうだ、できれば甘えてくれたら嬉しいんですけど」

「交渉決裂だな」

甘え方なんてわからない。抱きしめられて髪を撫でられるだけでもむずむずするのだ。

聡はやっぱりクスクス笑って、キスを仕掛けてきた。それを受け入れるのはやぶさかではない。キスは好きだけど、たぶんもう聡以外の人とはできないだろう。

寂しくなると人肌を求めた。肌を合わせている間は寂しさを紛らわせることができたけど、離れるといっそう虚しさが募った。キスだけでこんなに満たされたことはない。

唇を離すと、聡がフッと笑った。エロいことを仕掛けてくるくせに、聡の笑顔はさわやかだ。熱っぽい心に風が吹き抜けていく感じがして、シチリアを思い出させる。

地中海の日差しは身を焼くほどに強く、太陽に感謝するより呪いたくなった。風が吹くから暑さが和《やわ》らぎ、淀んで重くなりそうな空気も流れていく。まさに恵みの風だった。

「俺はおまえになんにもやれない。美味《うま》い飯を作ることくらいしかできない。こんなのでいいのか？」

「俺はいっぱいもらってますよ。千野さんは自分を過小評価しすぎです」

胸の粒をこねながら、聡は頬《ほお》に首筋にキスを落としていく。

「体なら、やる」

言えば聡は息を吐き出した。顔を上げ、苦笑しながら間近に目を合わせる。

「確かに俺は、あなたの体も料理も好きだけど、なによりあなたという存在が一番美味しい。だからレシピが知りたかったんです。あなたがどうやってできたのか。あなたに冷たかった親御さんにも、あなたが愛したシチリアの人々にも、今のあなたを作ったすべてに感謝したい気分なんです」

真摯《しんし》な顔でそう言うと、聡はまた笑った。心が潤うのに風通しがよくて、かけがえのない存在だと思う。

「それは、俺も……俺も……」

聡をじっと見つめて、照れくさくなって抱きしめた。

いつか聡の親たちにありがとうと伝えたい。そして、聡がどうしても欲しいからください とお願いしよう。悲しませてしまうかもしれないけど、聡が自分でいいと言ってくれる限り は手放すなんてできないから……。離れていく時は笑顔で送り出してやるから、どうか……。

「千野さん……ダメだそれ、可愛《かわい》いすぎる」

聡はそんなことを言って、布地の上から乳首を啄《ついば》み、シャツの中に手を突っ込んだ。

「なっ、ぁ……おまえは本当、さわやか詐欺《さぎ》だな」

性欲など微塵も感じさせぬ顔をして、とんでもない絶倫野郎だ。

「さわやかはよく言われるけど……詐欺になるのはあなたにだけですよ、隆ちゃん」

「隆ちゃんじゃ、ねぇ……」

文句は言っても止められない。求められるのは心地よく、千野だって聡を甘やかしたい。

かくして、生地は冷蔵庫の中で少し長めの眠りにつくことになった。

長く置けば美味しくなるというものではないが、美味しく食べる術《すべ》は心得ている。だてに 失敗は積み重ねてきていない。

これからもいっぱい失敗はするのだろうが、それもきっと味になって、極上のレシピへと 繋がっていくと信じたい。

信じたい――。

結局、生地がフィットチーネに姿を変えたのは翌朝のことだった。

「聡、そこのパンチェッタ。薄切りにして、入れろ」

「Ｓｉ」

調理を頼むと聡は張り切る。スライスした一枚を指で摘《つま》んで、聡はなぜか千野の顔の前に突き出してきた。千野は深く考えることなくそれにパクッと食いつく。

「んだよ、味見はいらねえんだよ。フライパンに入れろ」

食べてから苦情を言えば、聡はなぜか拳を握りしめて小さくガッツポーズなどしている。

「ヨシ、食べた。俺の手から、食べた……フフフ……」

不気味だ。なにが嬉しいのかさっぱりわからない。

「豆乳とマッコとほうれん草。あるものでとりあえず作ってみたが……美味いぞ、絶対」

ソースをフィットチーネと合わせてフライパンをあおり、皿に盛った。小さなテーブルに皿を二つのせ、聡と膝《ひざ》を突き合わせるようにして食べる。

「うん、美味しいです」

「だろ？」

味に自信はあるが、笑顔を見るとホッとする。

独りでも生きていけると思っていた。イタリアでの五年間が、その自信と勇気をくれた。寂しくなったら帰る場所があるというのはとても心強かったけど、骨を埋める場所だとは思えなくて、根なし草のような心許《こころもと》なさは消えなかった。

日本に帰ってきて、親の金で居場所を作ってみたものの、根を張ったという実感を持つことはできず、いつまでもふわふわと地に足がつかなかった。

子供の頃からずっと自分の居場所を探していたような気がする。そして最近やっとわかった。居場所というのはどうやら、場所ではないらしい。

居場所を得るのに必要なのは、ここにいたいと強く思う気持ち。いてほしいと願ってくれる誰かの存在。店には愛着があるし、自分の味に会いにきてくれる人も増えてきた。だけどそういうことに気づけたのは、聡が自分を認めてくれたから……。

いつか店の横に家を建てよう。そこが自分と聡の居場所になることを願って。

叶うかどうかはわからないが、料理以外の夢を持つのは初めてで、ワクワクする。

「いつか……」

つぶやけば聡が「ん？」という顔をした。この近すぎる距離感も、ちょっと捨てがたい。

「今度はおまえの話をしろよ、聡。おまえの家の話を……」

聡のレシピを聞いて、聡が帰りたくなる家の傾向と対策を考える。

「じゃあ、寝物語に」

二人でならきっと最高の味を作り出せると、信じている。

あとがき

こんにちは。作者の李丘那岐です。

『きみにあげたい恋レシピ』お読みいただきありがとうございます。この話は『きみの知らない恋物語』でガキんちょだった聡が主人公になっております。

もちろんこれだけ読んでいただいても大丈夫！　ですが、お父ちゃんたちの話も読んでいただけると嬉しいです。

あれから十四年。過ぎているようにはまったく感じられませんが（特に黒崎が）、過ぎてます。過ぎてるんです。ゲイ夫婦に育てられた子供の苦悩を書きたかったのですが、聡はなかなか悲愴感を漂わせてくれず、私が苦悩しました。

この話に関しては、千野側からの同じ話を書いてみたいなあと思います。

憎い男に抱かれるのは苦痛で仕方ないけど、好きな男を護るために耐える、とか萌える……。ああいたぶりたい！　……じゃない。ああ切ない、です。きっと書きながら口元が緩む……いや、涙腺が緩むことでしょう。

期せずして、「ウジウジグダグダ悩んだわりに、開き直ったら一直線」な親子になりました。そして相方は、これもまったく期せずして、家を建てたがる男に……（笑）。

しかし黒崎の妄想御殿とは違って、千野のはドリームハウスって感じですかね。イタリア語で言うと、Ｓｏｇｎｏ Ｃａｓａ？

イタリア語の迷宮は往生させられました。たった一言なのに間違ってるし。直しても正解なのかわからないし。編集部の方にもいろいろ調べていただき、最終的に一番簡単な語句に落ち着きました。

言語というのは奥が深いですね。思いあまってイタリアで二年間修業したというシェフに訊きに行っちゃいました。「はい、喜んで♪」と聡は居酒屋の返事みたいなことを言っております。ゴルゴンゾーラのリゾットが美味しゅうございました。急に誘ったのに付き合ってくれたSちゃんもありがとう。

そして、父編に引き続きイラストをつけてくださった鈴倉温様。拙著を華やかに彩っていただき、誠にありがとうございます。父そっくりなのに男前な聡と、アラサーなのにガキっぽいツンシェフ。もうイメージ通りで、嬉しいやら申し訳ないやら。今回も綱渡り進行をさせてしまいすみませんでした。

担当様、編集部の皆様、印刷所の方……お世話になった皆々様に、伏してお詫びと感謝を申し上げます。この本をよりよいものにするためにご尽力いただきました。

読んで少しでも楽しかったと思っていただけたら報われるのですが。感想等々ございましたらぜひお聞かせください。では、またどこかで。

二〇一三年　エンドウ豆がたわわに実る春の日に……　李丘那岐

✦初出　きみにあげたい恋レシピ……………書き下ろし
おまけレシピ…………………………書き下ろし

李丘那岐先生、鈴倉温先生へのお便り、本作品に関するご意見、ご感想などは
〒151-0051 東京都渋谷区千駄ヶ谷 4-9-7
幻冬舎コミックス　ルチル文庫「きみにあげたい恋レシピ」係まで。

幻冬舎ルチル文庫

きみにあげたい恋レシピ

2013年5月20日　第1刷発行

✦著者	李丘那岐　りおか なぎ
✦発行人	伊藤嘉彦
✦発行元	株式会社 幻冬舎コミックス 〒151-0051 東京都渋谷区千駄ヶ谷 4-9-7 電話 03(5411)6431［編集］
✦発売元	株式会社 幻冬舎 〒151-0051 東京都渋谷区千駄ヶ谷 4-9-7 電話 03(5411)6222［営業］ 振替 00120-8-767643
✦印刷・製本所	中央精版印刷株式会社

✦検印廃止

ISBN978-4-344-82845-2　C0193　Printed in Japan